持續狩獵史萊姆三百年，不知不覺就練到 LV MAX 9

a Kisetsu

季節

紅緒

© Benio

亞梓莎・埃札瓦（相澤梓）

本書主角。一般以「高原魔女」之名為人所知。
轉生成為永保十七歲容貌，長生不老魔女的女孩（？）。
不知不覺中變成世界最強，也遭遇過不少麻煩，
但因此擁有了家人，非常開心。

堅持下去就是力量。
我只做能堅持下去的事情！

好，今天
吃些什麼好呢？

哈爾卡拉

精靈女孩，亞梓莎的徒弟。是懂得活用蘑菇的知識，
經營公司的優秀社長。但在高原之家，
只是不分場合「出包」，專門負責耍寶的角色。
本書刊載的外傳「精靈飯」的主角。

持續狩獵史萊姆三百年，
不知不覺就練到LV MAX
9
Morita Kisetsu 森田季節 illust. 紅緒
She continued destroy slime for 300 years

©Benio

保證可以回來喔。
要不要嘗試進入「寶珠世界」遊玩呢？
©Benio

17歲高中女生
亞梓莎
我可愛的妹妹
法露法
©Benio

我可愛的妹妹
夏露夏
©Benio

姊姊，千萬不要迷路喔？
©Benio

好！卯起來採集夢幻蘑菇吧！
今晚吃蘑菇火鍋！
SHE LOVES EATING!
精靈飯
持續狩獵史萊姆三百年，
不知不覺就練到LV MAX
—外傳小說—
©Benio

Contents

Story by Morita Kisetsu Illustration by Benio

She continued destroy slime for 300 years

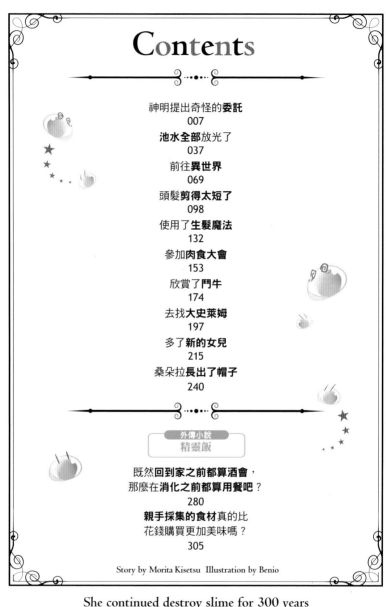

法露法＆夏露夏

史萊姆的靈魂凝聚而誕生的妖精姊妹。姊姊法露法是坦率面對自己心情的天真女孩。妹妹夏露夏則是關懷入微又善解人意的女孩。兩人都非常喜歡媽媽亞梓莎。

媽媽～媽媽～！最喜歡媽媽了！
……即使身體沉重，內心也要保持輕盈。

亞梓莎大人，今天吾人依然會誠心誠意，努力精進！
芙拉托緹比萊卡更加努力喔！

萊卡＆芙拉托緹

住在高原之家的紅龍＆藍龍女孩。萊卡是亞梓莎的徒弟，努力不懈的好孩子。芙拉托緹是服從亞梓莎的元氣女孩。同樣都是龍族，在各方面總是相互較勁。

別西卜

人稱蒼蠅王的高等魔族，魔族農業大臣。宛如姪女般疼愛法露法與夏露夏。頻繁往來於魔界與高原之家。是亞梓莎足以仰賴的「姊姊」。

小女子名叫別西卜！是魔族國度的農業大臣!!

我會一直跟隨大姊的！

羅莎莉

居住在高原之家的幽靈少女。欽佩不避諱身為幽靈的自己，更伸出援手幫助的亞梓莎。雖然能穿牆，卻碰不到人，還可以附身在別人身上。

我只是生長在庭園內而已喔！吼～！

桑朵菈

曼德拉草女孩。生長了三百年，最後成為具備意識還會活動的個體。是不折不扣的植物，棲息在高原之家的家庭菜園內。雖然常固執己見又愛逞強，卻也有害怕寂寞的一面。

想借用一下亞梓莎小姐的力量～

梅嘉梅加神

讓亞梓莎轉生至這個世界的主因。宛如具體表現這個世界，是開朗又和藹可親，而且個性隨便的女神大人。特別優待女性，會不知不覺放寬標準。

佩克菈（普羅瓦托・佩克菈・埃莉耶思）

魔族國度之王。最喜歡利用權勢與影響力折騰亞梓莎與身邊的部下，是具備小惡魔個性的女孩。其實還兼具「想順從比自己強的對象」這種M的一面，目前對亞梓莎服服貼貼。

氣氛酷酷的魔女
姊姊大人，最棒了呢。

不好意思，妹妹的個性太隨便了……
啊～好想花上司的錢去泡溫泉喔～

法托菈＆瓦妮雅

擔任別西卜祕書的利維坦姊妹。能變身成巨龍的外型，還負責接送並照顧亞梓莎等人往返魔族國度。姊姊法托菈認真又有才幹，妹妹瓦妮雅雖然迷糊卻有一手好廚藝。

仁丹神

這個世界自古受到信仰的女神。態度高高在上，個性很衝，會立刻將看不順眼的人變成青蛙。由於輸給人類（突破滿級的亞梓莎）才稍微收斂一點。

小丫頭！妳也變成青蛙吧！

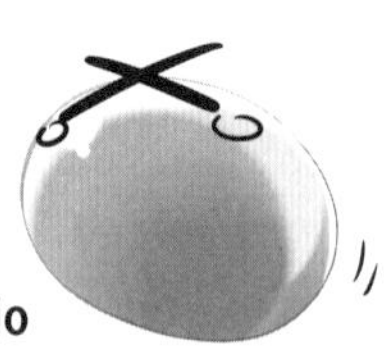

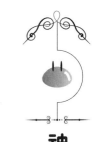

神明提出奇怪的委託

She continued destroy slime for 300 years

回過神來，我已經身處奇怪的空間。

四處都飄浮著魔法陣。這種景色我有印象呢。

亞梓莎，朕現在正直接對妳的內心說話。

仁丹站在我的面前。

她是這個世界的知名女神，以前我曾經與她交手。上次她說我可以直呼她的名字，所以我就不客氣了。不過說話的時候還是會禮貌一點，畢竟對方太大牌了……

「呃，出現了像字幕一樣的東西耶……」

沒錯，仁丹面前顯示了「亞梓莎，朕現在正直接對妳的內心說話」等字樣。其實明明可以正常地說話。

這裡終究是在妳的腦海內。並非妳來到朕的世界中，所以無法讓妳直接聽見聲音。畢竟神明的聲音可不能隨意讓人聽見。

「雖然不太明白，但多半有某些原因吧。」

可能是神明特有的問題。

嗯。另外為了便於妳理解，朕用的是妳上輩子的文字。朕可以對應任何語言。

話說回來，好像電影的日語字幕呢。

顯示的不是這個世界的語言，而是日語。我兩種都看得懂，所以才沒發現。

連關西腔攏嘛ㄟ通喔。

應該沒有關西人會用這種表現方式。

朕有事情要拜託妳，才會向妳開口。

哇咧……這種委託肯定不會有什麼好事……

「不好意思，我應該沒有那麼不知天高地厚，敢答應神明的委託～」

小心朕讓妳從明天開始，所有做夢的內容都是變成青蛙。

神明怎麼用這麼陰險的手段啊。

其實朕正因為力而煩惱。朕逐漸無法控制自己的力量……

不愧是神明。居然無法控制力，這種話只有罹患中二病的人才說得出口。

嚴格來說不是說，而是以字幕顯示。

朕的神殿四周圍繞在人工池塘中。妳來過朕的神殿，應該知道這一點。那是為了讓朕顯現威嚴的設施。

話題會不會轉變得太突然啦？怎麼提到力之後變成了池塘啊？

奇怪的是，力卻聚集到這些池塘裡……連信徒都對這種異象感到恐懼……

力集中在池塘內？什麼意思，類似魔力自然匯聚到神聖空間中嗎？

其中甚至有信徒認為是朕的憤怒。即使朕以神諭告知這是一場誤會，信徒依然難以理解……另一方面，信仰薄弱的信徒不敢接近神殿。總有一天會因為力導致無人上門……力就是如此可怕的事物……

力是可怕的事物……

這些內容若不以字幕顯示，說出來的確很難為情。

妳可能會以為區區力不足為懼，可以隨意抹消。但是已經存在的事物，即使是神明也無法消除之。不如說正因為是神明，才不能草率為之。

力這種事物是存在的嗎？既然有這種概念，或許可以視為存在吧。由於話題十分抽象，我開始混亂了。

所以亞梓莎，朕想拜託身為人類的妳。能不能幫忙控制力。妳是鼎鼎大名的高原魔女，應該懂得處理力吧。亦即朕希望妳代替朕，與力交戰。

要……要我與力交戰!?

我在這個世界的確和神明打過架，原本我以為不會再與更離譜的對象交手了——想不到要叫我與力這種概念對戰……

力，在英語裡叫做 power。

難道力量膨脹過度（註1），就得與力量本身戰鬥嗎……

該不會真的踏進哲學領域了吧……

妳是人類。可以控制力，也可以致力於死。要怎麼處置隨妳高興。

致力於死……又是聽起來超級中二病的話……

難道滿級後，連力量都可以擊敗嗎？

我難得開始覺得自己好了不起。

註1　主角的戰鬥力隨劇情增加，敵人跟著變強，進一步導致主角戰鬥力提升。

但是可能的話，我不想插手這麼麻煩的事情，想過悠哉的慢活。

「話說我有拒絕的權利嗎？」

綠蛙，牛蛙，罕見的金色蛙，妳想變成哪一種？

擺明了我要是拒絕，就要將我變成青蛙喔。

「我再問一個問題，有什麼樣的危險呢？因為對手太抽象了，我很難想像。」

降低風險可不能馬虎。

不可以抱著大概沒問題的心態接受委託。

妳絲毫沒有輸的可能性。但是有可能會感到癢癢的。

為什麼會感到癢啊……？難道力量會讓人起疹子嗎……？力量還有類似漆樹的效果喔……？

沒辦法，畢竟我沒有拒絕的權利。

我似乎是這個世界最強的生物。

也只有我能和力量這種超乎想像的事物戰鬥吧。

「知道了。我接受妳的要求，仁丹。」

仁丹的表情和緩許多。

嗯，朕相信妳會這麼說。

實際上是在威脅我耶……

另外換個話題，目前以魔族為中心進行的魔法直播，有點意思哪。朕也覺得以那種形式向信徒對話是個不錯的點子。

「拜託，不用勉強自己引進新的元素啦!?這樣會變得很可疑，而且很廉價！」

麻煩神明維持莊嚴肅穆好嗎？現在連妖精都開始魔法直播了，神明千萬別跟著攪局！

還有，最近南方似乎新推出添加了茶的點心哪。

獻給朕的供品中也不時出現。

順著剛才的對話轉變成單純的閒聊，也太硬拗了吧！我可是要與力量戰鬥耶!?別順便聊起點心好不好！

去戰勝力，掌握光榮吧，亞梓莎。

下一瞬間，我發現自己原來在家裡的床上睡覺。
「應該不是……單純的夢吧。」
萬一不是單純的夢境，忽視的話會被變成青蛙耶……

◇

我乘坐龍型態的萊卡，前往供奉仁丹女神的神殿。
「亞梓莎大人，這下子真的不得了呢。」
萊卡對我說。對於龍族而言，與力量戰鬥聽起來很有衝擊性吧。
「的確很驚人呢。問題在於究竟該怎麼戰鬥。何況神殿的池塘裡有『力量』這種事物嗎？難道是猜謎？」

池塘裡非常可怕的事物，是什～麼呢？

不知道。我完全猜不出答案。

「但是竟然能接受神明的委託，亞梓莎大人果然是特別人物！吾人身為徒弟也備感榮幸！」

「拜託拜託，別捧我了啦！這一切都是順其自然！」

萊卡馬上準備誇我。過度稱讚會讓我渾身不自在，饒了我吧。

「與這種強大的敵人戰鬥，原本應該託付給勇者等人才對。亞梓莎大人堪稱這個世界最強的勇者呢。」

「其實我應該能贏過任何勇者隊伍……」

還得先問一下，這個世界有勇者嗎？

要是有的話，與魔王關係密切的我多半也會成為受到討伐的對象……

然後我們抵達仁丹大教堂的所在，王都近郊的仁丹尼亞鎮。

只不過，仁丹尼亞明顯不太對勁。

大多數路人全身穿著緊貼身體、像是緊身衣的服裝，甚至還蒙面。

好像所有鎮民都是逃犯一樣。

「這是什麼世紀末的感覺……」

彷彿空氣太惡劣，人類必須戴口罩才能生存的世界。

「亞梓莎大人，吾人害怕這裡……」

即使實力強大，價值觀依然是少女的萊卡十分害怕。

再可怕的惡夢都沒見過這種光景。

「我也很害怕啊。討厭的仁丹，竟然塞給我這麼麻煩的工作……」

而且走在大馬路上，突然聽見像是尖叫的聲音。

「哇呀！哇呀！好難受，好難受！」

只見蒙面男子滿地打滾。

到底發生了什麼事啊……？也太可怕了吧！

「萊卡，今年該不會有世界要毀滅的預言吧？」

「不知道……任何時代總有好幾個宣稱世界末日的教團……」

她這麼說有道理。況且也不存在哪種教義認為這個時代最棒，所以不需要信仰吧。

所有路人的走路速度都特別快，很難聽清楚他們在說什麼，但我聽到以下幾句話。

「這果然是仁丹女神大人的憤怒吧。」「只有這種可能。雖然也有神官宣稱並非如此。」「再不趕快找到平息憤怒的方法，這座城鎮就完蛋了……」「喂，要是走太慢小心又被攻擊！」

也難怪仁丹女神大教堂的所在地會有這種想法。

而且實際上與仁丹沒有關係，想必仁丹也十分傷腦筋。

「萊卡，雖然很詭異，但還是去大教堂看看吧。或許某種程度上會得知原因。」

「也對……吾人也做好了心理準備……」

於是我們前往人煙稀少的大教堂。

抵達供奉仁丹的大教堂後，我們目睹了嚇人的景象。

池塘周圍飛舞著無數黑黑小小的東西。

多到甚至形成漩渦。

還傳來讓人討厭的「嗡～嗡～」聲。

「萊卡，這該不會是……」

「在涼爽的高原幾乎不會有這種蟲子棲息，這是蚊子吧。」

不停拍打手臂的萊卡表示。

在這段期間內，依然有許多東西停在手臂上。

看來我之前有很嚴重的誤解。

○×

消滅力量
消滅「力」（漢字寫成「蚊」）

「原來是叫我驅蚊喔！因為用日語字幕顯示，害我以為是力量！」

發生這種錯誤真的不要緊嗎……

不過日語中的片假名「カ（註2）」與漢字的「力」真的很像呢……應該說根本沒有區別……就好像強迫寫字潦草的人區分「土」與「士」，「未」與「末」一樣。

「看來因為大教堂四周圍著池塘，才會從池塘出現大量蚊子吧。」

積水的地方的確會孳生蚊子呢……

「竟然孳生這麼多蚊子。究竟該如何驅除呢？」

此時蒙住全身的神官前來。

「您是高原魔女亞梓莎大人吧。」

老實說，看起來根本就是邪教信徒。這身打扮彷彿驚悚電影登場的角色。嚇得萊卡躲在我的身後。

「我已經透過神諭得知您會蒞臨。敬請幫忙驅除這些討厭的蚊子。使用任何手段

註2 音同卡。

都沒關係。」

我原本心想，這種事情何必拜託我，但蚊子可能比想像中更難驅除。相較於擊敗一隻特定的頭目，驅除蚊子的成功率可能更低。

「知道了……我盡量試試看……」

我小聲回答。如果嘴巴張大，可能會有蚊子飛進去。

「如果站著不動會被叮咬，請務必小心。兩位可能已經被叮咬了十五處吧。」

「咦？」

我和萊卡同時開口。

然後一聽對方這麼說，頓時發覺身上好癢。

「好癢！好癢！」

「哇！好癢！背上被叮了！手搆不到的背上被蚊子咬了！」

想不到理論上已經是世界最強生物的我，以及我的徒弟、紅龍族萊卡兩人會陷入危機！

蚊子太可怕了！

我忽然感覺到殺氣。

只見萊卡兩眼發直。

「亞梓莎大人，根除這些蚊子吧。吾人感到非常不爽。」

哇，她露出了龍族特有的可怕表情……

不過我也有類似的想法。

「也對，那我也拿出真本事吧。用燒的，放火燒。」

讓我們拿真本事，等著後悔吧！

我和萊卡立刻開始撲滅蚊子。

「提到蚊子，最有用的方式還是用火燒呢，萊卡。」

「沒錯，燒光蚊子吧！」

我詠唱火炎魔法，萊卡則從嘴裡使勁吐火。

另外萊卡在吐火的時候，始終維持少女的外表。

恢復龍族的模樣可以大範圍吐火，但相對地也無法調整威力。如果燒掉大教堂可就慘了。這樣仁丹可是會暴怒的。

「來啊，燒吧，燒吧！蚊子統統死光光吧！」

「吼——吼——！」

「吸那麼多血會害人變成木乃伊。拜託少吸一點嘛！」

「吼——吼——！」

※由於萊卡正從嘴裡吐出火焰，所以無法說話。

火炎一碰到成群飛舞的蚊子，頓時發出嘶嘶的聲音，燒死不少隻。

俗話說一吋蟲也有五分魂（註3），不過現在就別計較了。畢竟我也狩獵過相當多史萊姆呢……而且這是來自神明的委託，也不會遭天譴。

附帶一提，神官們只有一開始的五分鐘左右還拍手叫好「哦，好厲害！」「麻煩兩位了」——結果有人說「站著不動會被叮咬！」所有人頓時跑光。

因為聲援的眾人都站在原地不動，難怪會遭殃……如果不隨時動來動去，就是蚊子的活靶。

焚燒工作進行了大約三十分鐘——

「蚊子逐漸分散，效果愈來愈差了……」

蚊子也不想白白被燒成灰吧。只見蚊群逐漸消失，分散後採取四處飛舞的戰術。或者可能躲在附近的花草樹木陰影下。

「看來到了極限呢……又不能燒掉大教堂內的樹木……」

持續吐火可能感到疲勞，萊卡坐在池塘一旁的板凳上。

不過這次的敵人非常難纏。

註3　日本諺語，比喻再小的軀殼也有高昂的志氣。

根本不給我們休息的機會。

「呃，萊卡，妳的脖子和手腕部分都紅紅的，該不會被蚊子叮了吧？」

「唔，話說回來……還有，亞梓莎大人的腳好像也被叮了許多包……」

被蚊子叮的包好像的確比剛來的時候更多。

「哇！一想到被蚊子叮，又開始癢起來了！」

「吾人也很難受！雖然能藉由集中精神忍耐疼痛，但抓癢實在沒辦法！沒辦法就是沒辦法！」

我太大意了！

發射火炎的期間，我們並未四處奔跑。

即使不是呆站著不動，但動作幅度並不大。

原來是這樣才被蚊子叮啊！發射火炎的時候如果被蚊子繞背，就形同完全無防備。脖子和腳被狠狠叮了個遍！

很像以前的動作遊戲，在頭目使出攻擊之前切入死角，就可以隨意造成傷害。

蚊子竟然實踐了攻略頭目的方法……讓我非常不爽！

「萊卡，先暫時停火吧。這種戰術不行。」

「好的。還有亞梓莎大人，最好不要站著說話……不然說話過程中也會被叮！」

「嗯，盡可能維持亂動比較安全……」

我們彷彿在跳神祕舞蹈一樣做出奇怪的動作，同時躲進大教堂避難。

附帶一提，門口裝了將近三層紗門，可能是為了防蚊。感覺會不會太誇張了。

一進入大教堂，就有種受到某種事物引導的感覺。

這種感覺來自於仁丹女神像。

「噢，是這個意思啊。」

「怎麼了嗎，亞梓莎大人？」

「萊卡，牽著我的手。如果視為同行者，她應該願意見妳的面。」

「牽手嗎……吾、吾人知道了……」

萊卡不知為何，害羞地握住我的手。

「和亞梓莎大人握手，感覺有些難為情……不過吾人感到很光榮……」

「啊，握住的壓迫感能稍微緩和癢的感覺呢。」

「……………是、是沒錯。」

總覺得萊卡對我露出錯愕的表情。

我直接加速跑向仁丹女神像。

「咦!?亞梓莎大人，這樣會撞到喔！」

「沒關係！相信我！」

衝向女神像的下一瞬間——

我們來到了仁丹的空間。

和上次與梅嘉梅加神一起來時一樣。

仁丹同樣好端端地站在我們面前。應該說飄在面前。

「亞梓莎，以火炎驅蚊的方法似乎沒能奏效哪。」

「呃，那些蚊子相當難纏呢。以強硬手段可能很難解決……」

即使我是世界最強，辦不到的事情依然辦不到。

「亞梓莎大人，飄浮在那裡的該不會是仁丹女神大人吧？」

萊卡應該是第一次見到她。

「嗯，朕就是仁丹女神。哎呀，朕沒料到妳們連蚊子都驅不了……」

仁丹女神露出尷尬的表情。

「在解決蚊子問題之前，妳們可以隨意使用這個空間和大教堂。等妳們順利討伐蚊子之後——」

「之後會怎樣？」

「朕就以『蚊子剋星』大大表揚妳們一番！認定妳們是驅除蚊子的守護聖人！」

「別鬧了！」

肯定會被當成耍寶人物。

蚊子剋星魔女是什麼啊。難道是研究什麼植物能當蚊香用的人嗎……

這時候，仁丹的眼神變得有些嚴肅。

「還有，朕可不允許妳說『我已經努力過了卻沒有用，所以我要回去』。在搞定蚊子之前都不准走。」

哇咧……神明還可以這樣不講理的喔……

「何必拜託我，拜託其他神明不行嗎？神明之間總該有交流吧？」

「沒有神能幫朕解決。朕在夢中也略為提過，輕易殺死蚊子會出問題。換句話說，是神明讓蚊子這種多餘的生物誕生在這個世界上。這關乎面子問題，所以辦不到。」

蚊子也很努力存活，但是數量一多就有害，真麻煩。

「那有沒有蚊子之神呢？既然都有水母妖精，有蚊子之神也不足為奇。」

萊卡的意見十分有建設性。沒錯，連水母妖精都有呢。

「很可惜，沒有。要是有的話，朕早就火速去找祂了。」

的確，就算真的有，也多半會成為其他神明調侃的對象……

「不如說如果真有的話，朕要消滅蚊子之神。從存在消滅祂！」

「這也太激進了吧！」

不過蚊子之神的想法，我覺得有機會。

「我想到點子了！」

「哦，非常好。看來能解決問題了哪。」

「真是了不起，亞梓莎大人！果然沒有亞梓莎大人辦不到的事情！」

拜託，我終究只是靈光一現而已，不要太捧我好嗎……

「就算沒有蚊子之神，也總該有昆蟲專家吧。找專家幫忙處理應該比較好。幸好並非完全沒有這方面的門路。」

「亞梓莎大人，您還認識詳細了解蚊子的人嗎？」

「詳不詳細是未知數，但有可能了解。等一下我叫她出來，我們先前往空房間吧。」

這個空間是仁丹的私人區域，在這裡召喚她可能會由於時空錯亂，引發ＢＵＧ之類的現象。萬一她從這個世界消失，可不是鬧著玩的。

離開仁丹的空間後，我在空房間嘗試召喚魔法。

魔法陣畫在地毯上。即使沒有實際畫線，依然有效果。

「沃撒諾撒諾農恩狄希達瓦・維依亞尼・恩里拉！」

我的身邊沒有發生任何變化。
「又念錯音了嗎……」
詠唱完畢後，我在大教堂附近找了一段時間，才發現別西卜。
那個召喚魔法果然會讓別西卜出現在一段距離外呢。不過幸好沒將她召喚至池塘正上方。
「喂，亞梓莎，這裡是哪裡？」
「仁丹女神大教堂。」
「是人類供奉的神明吧。可以在這裡召喚魔族嗎？」
既然已經獲得仁丹的許可，應該沒問題吧。況且——
「別管什麼魔族或人類了，有個強敵必須跨越種族的壁壘戰鬥才行！」
我帶別西卜一起進入仁丹的空間，說明原委。
不用說，當然是蚊子的問題。
「……嗯，小女子知道妳們因為蚊子變多而陷入麻煩了。」
「沒錯，大麻煩呢。」
可是，別西卜卻露出不太接受的表情。
「所以說，為何召喚小女子？蚊子可和魔族與魔物都無關哪，是蟲子吧。」

「哎呀，妳不是號稱蒼蠅之王嗎？蚊子接近妳的親戚吧，所以才認為妳應該有辦法。命名為『蚊子的問題就問蒼蠅吧』作戰！」

「哦，是嗎，是啊。原來如此哪♪」

不知為何，別西卜露出甜美的笑容。

反而覺得好詭異。

該說是暴風雨前的寧靜，還是發飆的徵兆呢……

「豬頭嗎！不，妳就是豬頭！哪有這麼豬頭的啊！」

「果然生氣了！」

剛才的發言有這麼雷到她嗎……

我原本以為很有機會呢……

「咦？連蒼蠅都拿蚊子沒辦法？不是差不多嗎？都會煩人地飛在人類的身邊……」

「差遠了！何況小女子雖然能變身成蒼蠅，但基本型態始終是這個模樣！與單純的蒼蠅完全不同！而且小女子對蚊子一無所知！」

作戰一下子就瓦解了。

「至少可以變成蒼蠅的模樣，要求蚊子前往別的地方吧……？」

「辦不到。而且小女子也無法與蒼蠅對話。」

「什麼嘛，原來是冒牌蒼蠅……」

別西卜伸手捏住我的臉頰拉扯！我被她攻擊啦！

「妳喔～！真正的蒼蠅是生物，比小女子低等多了好嗎！小女子可是高等魔族！別將小女子與隨處可見的蒼蠅相提並論！」

「偶租到啦！偶租到簍啦，晃開偶！」

明明召喚了別西卜，卻只換來被她捏臉頰。

「何況就算蚊子大量孳生，不就只是普通蚊子嗎？妳們也太小題大作啦。人類信仰的神明也一樣小題大作哪。」

魔族似乎絲毫沒有敬畏人類神明的心態。當著神明面前講這種話要很大的勇氣耶。不過即使是人類，被神明要求處理蚊子問題的話，應該也會降低敬畏之心。

「呶，妳叫別西卜吧，難道妳想愚弄朕？」

慘了……有可能上演仁丹與別西卜之間的爭執……

「那妳就到庭園看看吧！如此妳就會明白蚊子有多麼可怕，多麼討厭！」

出乎意料，似乎有機會和平解決……

「好，看小女子證明，區區蚊子根本無須畏懼！」

然後別西卜大跨步，大搖大擺離開了仁丹的空間。

「魔族不信仰人類的神明呢。雖然這是理所當然。」

「魔族一直認為，當今魔王的祖先才是誕生出他們的神明。雖然那位神明也出現在人類的神話中。至於其他人類神話中的神明，他們都不放在眼裡。」

詢問夏露夏的話，她應該會告訴我這方面的詳情。雖然有可能太詳細，導致我有聽沒有懂，不過下次問問看吧。

別西卜前往有池塘的庭園後，過了大約三十分鐘。

被叮得渾身都是包的別西卜跑了回來。

「癢死啦……好癢、好癢……快給小女子止癢藥……」

「哼！這是瞧不起蚊子的報應。穿那麼暴露衝進蚊子群當中，簡直形同自殺！今後多小心一點蚊子吧。」

比起蚊子，這時候不是應該說，不可以瞧不起神明嗎……？

不過目前的現狀，不論是神明或高等魔族，連可能是世界最強生物的我，統統不敵蚊子——

蚊子＜某種強大的人物

——好像成立了這種不等式……好討厭……

「唔……小女子也改變了想法……今後在蚊子多的地方就變成蒼蠅的模樣，避免被叮咬吧。」

這雖然很有效，但只有別西卜才辦得到。

「現在小女子也同樣恨透了蚊子。那就想辦法讓那些蚊子統統消滅吧！」

哦！結果別西卜也成為我們的滅蚊計畫夥伴了！

「高等魔族，妳有什麼計畫嗎？」

仁丹詢問別西卜。只要可以依靠，這位神明連魔族都不排斥呢。

「有！」

別西卜豎起右手食指。

「妳們之前只嘗試過對症療法。因為蚊子變多，僅試圖消滅蚊子而已哪。這樣根本沒完沒了，必須採取釜底抽薪的方法才行。」

「所以說，妳的方法是什麼？」

只見她咧嘴一笑。

「放光所有庭園的池水！」

她、她說什麼！

我、萊卡，以及仁丹都大感驚訝。

原來如此，堪稱斬草除根的暴力手段呢。

「知道嗎？蚊子之所以孳生，是因為池水淤積，形成蚊子容易產卵的環境。所以只要放光池水，蚊子就會失去生存場所！」

記得中世紀有人認為，蚊子之類的小蟲子是無中生有。不過在這個世界，似乎已經知道孑孓長大後會變成蚊子。

「可是池塘裡還有各式各樣的生物棲息啊……」

我明白仁丹的擔憂。

害死神殿中的無關生物，以仁丹的立場肯定也無法容忍。

「暫時將這些生物移到其他地方即可。趁機清除繁殖的外來魚種，以及丟在池塘裡的垃圾，池水的水質也會好轉。因為蚊子孳生可能是水質惡化的問題。」

哦，魔族果然會提出合理的想法呢。

「很難相信信仰朕的信徒會亂丟垃圾，但朕一直覺得池塘很髒。或許嘗試正式放一次水比較好……」

仁丹似乎也感興趣。這樣問題應該能完美解決。

「可是庭園的池塘面積相當大呢。似乎也有一定深度，豈不是需要大量工作人員嗎？」

萊卡以手指抵著嘴脣，露出不安的神情。

這和抽光小水窪裡的水完全不一樣。

「偉大的神明總會有辦法解決吧？畢竟是偉大的神明啊？信徒應該也不少吧？」

別西卜以再明顯不過的手法拱仁丹。

「那當然！朕現在就廣發神諭，命令朕的信徒集合！這是仁丹女神與蚊子全面開戰！」

與蚊子全面開戰，聽起來好「落漆」，沒問題嗎……

「再怎麼快，要正式動工也得等好幾天。小女子要回范澤爾德城的城下町去。」

別西卜說完隨即離去。

「仁丹，我們也可以暫時回去一趟嗎？」

「朕會再從夢中找妳，回去無妨。」

其實我希望她能多表達一些感謝之意。

雖然是做白工，但至少對方還聽得懂人話，比黑心企業好一點吧……

我原本這麼心想，結果事與願違。

回到大教堂後，眾神官給了我們一大堆寶物之類當作伴手禮。

說是給我們，但是多到萊卡來回一趟都不見得搬得完。大多數只能暫放在這裡先回去一趟。

「女神大人要我們將這些交給您。敬請收下吧。」

「咦……這怎麼好意思呢……」

「從以前就有信徒捐贈各種東西，沒有偶爾贈送給別人就會堆積如山。就麻煩您收下了。」

這是在處理骨董喔……

不過即使是日本的神社或寺廟，好像也會有名人贈送各式各樣的寶物。難道宗教設施會成為寶物聚集地嗎？

還有，萊卡對寶物展現相當濃厚的興趣，其實還ＯＫ。

「這個黃金面具真不錯。這柄劍也做得很棒呢！」

據說龍族會收集黃金，廣義的骨董應該也會喜歡。

話雖如此，芙拉托緹卻興趣缺缺，結果連龍族都各有所好啊。
寶物就堆放在空房間吧。
高原之家擁有的骨董數量應該會暴增。

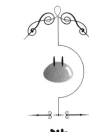

池水全部放光了

十天後，仁丹再度出現在我的夢中，顯示「來一趟」的字幕。
這次別西卜似乎也事前挪開了工作，來到了大教堂。
除了她以外，另外還來了將近二十名魔族。
其中也有法托菈與瓦妮雅姊妹，但其他魔族都不認識。
「呃……為什麼會有這麼多魔族……？」
我詢問法托菈。
「依照別西卜大人的命令，農務省全體動員，調查這些池塘的水質與生物。藉由調查人類土地的池塘，在魔族世界活用這些資料。」
法托菈一如往常，以非常公事公辦的態度說明。
「來這裡的多半都是農務省的國家公務員呢～但不是業務人員，而是研究人員～」
瓦妮雅今天依然一派輕鬆。
是嗎……與正式工作結合啊……

She continued destroy slime for 300 years

別西卜手扠胸前，同時朝我飛過來。

「怎麼樣？小女子要做什麼事情就會徹底去做。機會難得，可要合法調查人類土地的水質哪。」

「我見識到大臣的認真了。不過——妳怎麼到處飛來飛去？」

別西卜拍動翅膀，邊飛在空中邊和我說話。難道是蒼蠅的本能？

「如果不一直活動，會被蚊子叮咬哪……」

似乎沒有針對蚊子做好防護。

今後或許學些專剋蚊子的魔法比較好。

聽起來似乎很蠢，但我認為重要性相當高。

「不過呢，這次我也不會重蹈上一次的覆轍了！因為我找來了幫手！」

從我後方拉著推車前來的，是洞窟魔女艾諾。

「各位～！被蚊蟲叮咬時，請塗抹這種藥膏『不抓癢』！難纏的搔癢感一下子就會消失囉！不含對身體有害的成分，小孩子和肌膚脆弱的人都可以放心！被蚊蟲叮咬就用『不抓癢』！一罐八百戈爾德！」

我請艾諾幫我們準備蚊蟲藥。

話說回來，原來還有販售針對蚊蟲的藥啊。她還真是多角化經營呢。

「的確很需要蚊蟲叮咬藥，但更希望不會被叮哪……」

我明白她的心情，但也覺得別西卜應該減少裸露肌膚的部分。穿平時的服裝來，簡直就像故意給蚊子叮。

「放心，我也為這種需求準備好囉。」

這次艾諾拿出裝了液體的瓶子。

「對抗擾人的蚊蟲，這瓶『去去蚊蟲走』很有效喔！是從含有不讓蚊蟲靠近成分的植物中，細心一滴一滴萃取製成的藥！因為有許多種植物為了避免葉片被啃光，演化出抗蚊蟲的方法喔！」

艾諾的聲音宏亮地響起。

自然界與蚊蟲對抗的生物，出乎意料地多樣化呢。

尤其在葉片被啃食就無法行光合作用的植物中，有些植物為了對抗蚊蟲而認真地進化。

「只要塗在身上，蚊蟲就不敢靠近囉！在山野玩耍的孩子也可以放心！『去去蚊蟲走』一瓶一千五百戈爾德喔！」

價格不算便宜。不過現在顧不得那麼多了。

「艾諾，給我一瓶吧。」

「好的，謝謝惠顧，前輩！」

這樣就做好防蚊對策了，開始進行放光池水的工作吧。

於是正式進行放光大教堂庭園池水的計畫。

至於提到怎麼放光池水，方法是打造水道。

這條水道據說已經連接了附近的河川。

應該是相當大規模的土木工程，不過關於這方面，仁丹的信徒已經幫忙挖好了。仁丹能指揮的信徒也為數不少，不愧是自古就受到人們的信仰。

從庭園放流到河川的水道之間，設下了幾面網子。

這種結構可以攔住所有垃圾與動物。

由於魔族眾多，有些信徒遠遠地注視。但可能已經透過仁丹的神諭告知魔族會來，似乎沒有引發大麻煩。

「對了，今天由誰擔任第一線指揮？」

由於這項計畫規模不小，需要有人擔任領導。仁丹又不能顯現實體。

「妳來。」

別西卜在特別近的距離伸手指我。

唔……先開口的人負責嗎？

「可是魔族農務省形同傾盡全力，不是應該由身為農業大臣的妳來指揮？」

「小女子終究只是農務省的領導。這次的計畫不是妳受到女神的委託嗎，由妳來吧。發生什麼事情也由妳負責。」

總覺得一切都濃縮在最後一句話。

不過整件事情的起因，的確是我受到仁丹的委託。

我輕輕一拍自己的腿。

「嗯，好吧。我當。」

身為計畫代表的我為了讓眾人看見，輕飄飄浮在附近的空中。

「哈囉，我是高原魔女亞梓莎。我接受仁丹女神大人的啟示，展開除蚊行動。這一次也在女神大人的神諭之下，與魔族一起展開工作。魔族也別和人類吵架，彼此好好相處喔～」

魔族和人類都有人喊出「哦，那就是高原魔女嗎！」「竟然承蒙女神大人命令對抗蚊子，真是了不起！」「厲害喔！」的聲音。

總覺得不知不覺中，我愈來愈出名了呢……

大家都有將我說的話聽進去——就當作這樣吧。

不聽話的人就讓仁丹或別西卜罵一頓。

「那麼話說太多也不好，馬上開始吧。況且如果待著不動，會被蚊子叮咬呢……好，請開始放水！」

魔族拉起設置在池塘與水道之間的厚重木板，跟著抽出來。

由於通道開啟，池水一口氣流向水道。

嘩嘩嘩嘩嘩！

響起洪水奔騰的轟隆聲。

「哦，真是壯觀，壯觀耶。」

我一直飄浮在空中，同時眺望動靜。

簡易水道迅速變成不遜於河川的水流。

從空中觀賞，感覺十分有趣。

「還真是風流哪。」

別西卜也飄浮在我身邊。

「一點也不風流吧。與其說風流更像是激流。」

「剛才這算俏皮話嗎？話說回來，光看水道都能清楚得知，池水很不新鮮。由於綠色的水藻導致不太明顯，但是水質很混濁。也難怪會大量孳生蚊子。」

對啊，原來是環境有缺陷……

「那麼與其怪罪蚊子，應該怪罪管理池塘的人類怠工嗎？某種意義上算是人禍吧。」

池塘水位不斷降低，景色也大幅改變。

魚類和昆蟲則被水道各處的粗孔網子卡住。

另外池塘裡似乎還殘留著許多東西，在泥漿上不停跳動。

「好，亞梓莎。向所有人下達指示：『確認魚與昆蟲的種類後，將沒問題的生物移到事先準備好的水槽。疑似外來種的生物則移到專用水槽』。」

「由妳來說不行嗎？」

我感覺好像受到大臣操縱的傀儡國王。

「畢竟可能有人類不會老實遵從小女子的命令吧。由小女子命令人類也不太對，小女子又不信奉這裡的女神。」

「既然在進行相同的計畫，有什麼關係。但也有可能是我太不在乎了吧……」

下達命令與負起責任都是我的工作。那就來吧。

於是我下達指示，開始挑選動植物。

嚴格上來說，鑑別動植物與防蚊對策沒有直接關係。但是機會難得，徹底一點總是好事。而且對於魔族而言，這就是本次的工作。或許有可能弄清楚池塘哪裡容易孳生蚊子。

似乎魔族研究人員紛紛跳進放光了水的池塘裡。

不愧是魔族，做事乾淨俐落。

但是許多魔族的腳陷入淤泥而慌張。

「哇，比想像中還要深！」「那傢伙的臉栽進淤泥裡了！」「腳好沉重，活動困難！」

這反應也太外行人了吧！

「因為他們是研究人員啊。有些人的體能並不強。專門從事田野調查的人倒是相當拚命呢。」

「意思是有些魔族體能好，有些魔族體能差嗎？」

人類也紛紛跳進池塘，陷入相同的窘境。

淤積在池塘的淤泥相當深，光是拉起腳都非常辛苦。幾乎所有參加者都在淤泥上摔跤。

不過渾身沾滿泥巴，倒是有點開心呢。

好，我也參加吧。

今天就徹底鬧一鬧。

「萊卡，過來一下。」

我和萊卡來到大教堂，換上破舊的衣服。

「呃，亞梓莎大人，換上看似工作服的服裝要做什麼呢？」

萊卡似乎還不知道換衣服的目的。

「萊卡，我們兩人一起跳進泥巴裡吧！」

「咦，要進入泥巴嗎……？」

沒錯，萊卡可能因為大小姐氣質，一直客氣地在一旁看著。
發現萊卡這樣後，我就想帶她進入滿是泥巴的池塘裡。
在此讓她卸下平時維持自己端莊形象的矜持吧。
「對啊。像這樣弄得渾身泥巴，可以消除壓力喔。就算只消除之前被蚊子叮咬的煩躁感也好。」
萊卡似乎不太感興趣——
「知道了。既然亞梓莎大人這麼說……」
嗯，雖然變成強拉她參加，但萊卡自己絕對不會跳下去吧。
擴展徒弟的可能性也是師傅的工作。
我牽著萊卡的手，一起跳進泥巴中。
「哇，不斷陷進去呢……」
「連腳都很難抬起來……」
腳上傳來冰涼的觸感，感覺怪怪的。
在泥巴中非常難活動。
才走了幾步路，大量泥巴就濺到衣服上。
明明覺得走路的動作沒有很大，究竟是從哪裡濺來的啊。
「哇，亞梓莎大人，吾人失去平衡了！」

萊卡發出尖叫聲，然後慢慢，慢慢，慢～慢往後倒下。

好像慢動作影像一樣。

直接一頭栽進泥巴裡。

「弄髒了呢……」

「萊卡對這種特殊環境不太適應呢。該說應變能力不足嗎？」

這是優等生類型常有的事。循規蹈矩可以盡善盡美，但碰到出乎意料的情況，就無法充分發揮力量。

「應該不至於……但是在泥濘中也有可能發生戰鬥，沒辦法推託說不習慣環境呢。」

用詞真是僵硬。其實別用泥濘這個詞，用泥巴不就好了？

不過萊卡似乎能接受，太好了。其實只要適度弄髒，就會產生不顧一切的想法。可以說接下來才是真正的開始。

一旦明白不用在意弄髒後，落敗的條件就會消失，可以無所畏懼。

「好，萊卡，開始工作囉。憑我們兩個外行人無法判斷魚的種類，那就找找垃圾吧。」

魚類有魔族研究人員幫忙區分，現在應該專注在根本不需要猶豫的撿垃圾，效率比較好。

「師傅您說垃圾，但這裡可是聖域，怎麼會有大量——」

說到這裡，萊卡停了下來。

我伸手拔起來的，是一支破破爛爛的梯子。

「出乎意料地到處都是呢。人類就是這樣啦。」

「也對……」

而且即使不是有意丟垃圾，掉進池塘裡的東西也多半置之不理吧。而且因為泥巴很深，沒辦法拉起來。

「垃圾都沉到泥巴底部了呢。這可能是導致水流變慢，大量孳生蚊子的主因。」

我也尋找自己的腳邊。

「哦，好像又抓到什麼了。這應該不是動物吧。」

結果出現沒有頭部，類似人偶的東西。

「好可怕！別丟在這裡好不好！」

「擁有者可能也不知道如何處理，才會丟在這裡吧。擁有者多半認為，丟進大教堂的池塘裡就能藉由神明的力量，避免人偶帶有詛咒吧。」

「是這種想法啊。雖然可能會先遭到神明的懲罰……但如果害怕神罰就不會丟了吧。」

仁丹也沒有閒到會為了這種微不足道的壞事一一懲罰人吧。

之後我們繼續清理各式各樣的垃圾。

有許多東西讓人懷疑怎麼會出現在池塘裡。撿垃圾也很深奧呢。

「是馬車！池裡竟然有馬車！」

到底是何時，誰駕馬車衝進池塘的啊？應該會立刻穿幫而挨罵吧。

幾乎所有參加者都笑出聲音。

「亞梓莎大人，吾人發現了寶箱！」

萊卡捧著一個生鏽的箱子。

「真的假的!?難道裡面裝了寶藏嗎!?」

萊卡迅速撬開箱子。

「很可惜，裡面是空的。」

「也對，哪有這麼好的事……」

不知不覺中，池塘裡，應該說泥巴裡的人口密度增加不少。

多半是一開始猶豫不決的人也覺得很有趣，跟著加入吧。

他們的決定是正確的。因為真的很好玩。

另外還有一點很重要。

可能是泥巴在皮膚形成保護層，蚊子也不太靠近。

而且艾諾還焚燒有驅蚊功效的植物，因此沒有煩人的蚊子影響工作。

別西卜沒有跳進泥巴中，不斷在空中盤旋。

大臣弄得渾身泥巴滿奇怪的，這樣比較自然。

「亞梓莎，負責監督的妳怎麼可以跳進泥巴哪……」

「別說這種死腦筋的話嘛。反正也不需要太詳細的指示，人數夠多才重要。」

「行了行了，隨妳高興吧。小女子要去指揮農務省的職員。」

嗯，只要適才適所，持續進行即可。

「話說動植物的區分還順利吧？」

「妳看看那邊的水槽。」

兩個巨大的玻璃製水槽並列在一起。

「左槽是外來魚種，右槽則是一開始就飼養在池塘內的魚。」

外來魚種的水槽裡都是魚。

「這麼多魚來自外界啊！」

「許多魚都是這片土地上不應該有的魚哪。同樣也有不少此地沒有的烏龜繁殖，生態系簡直是一團亂。」

好像黑鱸魚、藍鰓太陽魚、鱧魚、彩龜等物種愈來愈多的日本河川……

「即使不考慮蚊子的問題，還好放光了池水哪。這座池塘已經亂成了一團，遲早會發生信徒被烏龜咬傷的意外。」

「對啊，被烏龜咬傷的傷害可不是被蚊子叮咬能比的呢……」
——這時候，我發現某個巨大的東西在泥巴中游動。
看得出來正逐漸接近我。
「什麼啊？是大型烏龜嗎？不好意思，拜託別待在這裡。」
「不，沒有這麼大的烏龜吧。應該是別的物種。」
這隻大型動物來到我面前後，緩緩挺起身體。
長得嚇人的嘴部很有衝擊力。皮膚看起來特別堅硬，好像可以當成鎧甲的材料。
「這該不會是……鱷魚？」
「哦！這不是鱷魚嗎！是南方才有的珍貴動物哪！」
「拜託！怎麼能當成在動物園觀賞動物啊！就在我的正前方耶！」
鱷魚張開血盆大口，朝我接近。牠大概想吃我吧。
「哇！別過來！」
我右手握拳一揮。
下一瞬間，鱷魚呈現漂亮的拋物線，飛到池塘外頭。
正好掉進外來物種專用的水槽。
可能暈了過去，鱷魚輕飄飄浮在水面上。
「哇！竟然連鱷魚都有嗎！真是不得了！」

瓦妮雅對鱷魚感到十分興奮。雖然覺得很孩子氣，但如果附近池塘有鱷魚出沒，我或許也會興奮不已，所以沒資格說別人。

「我一直想烹調看看呢~這可是稀有食材喔。」

原來她想要吃啊……鱷魚料理是什麼滋味呢。

聽說蛇肉和蛙肉吃起來像雞肉，該不會是那一類的味道吧。

「既然有一隻的話，代表可能有更多——」

這次鱷魚在萊卡面前露臉！

「這是什麼動物啊！相貌怎麼有點像龍族呢……」

話說回來，如果只看臉的話，可能有點接近龍族……

萊卡當然不會輸給區區鱷魚，輕易地打跑。但其他地方也出現鱷魚，引發一點騷動。

「有東西跑出來了！」「哪個人幫忙處理一下！」「那邊也有巨大烏龜！」

連泥巴裡都有許多危險呢……

應該問是誰連鱷魚都丟棄啊！肯定是養不了才丟的吧！

「亞梓莎大人，池塘裡還有這種東西……」

萊卡撿到的是一塊幾乎已經爛掉的木牌。

『這是鱷魚鱷尼克斯、鱷尼喵、鱷尼爾和鱷尼拉，請好好疼愛牠們。』

別當成丟貓一樣丟棄好嗎！雖然也不可以丟棄貓！

◇

一整天放光池水，清除淤積過度的淤泥與垃圾，區分動植物的結果——

池塘乾淨得完全不一樣了。

當然，因為池水沒了，要說看起來判若兩「池」是很正常的……

到了傍晚時分，在人海戰術下，淤泥和垃圾都大致上處理完畢。只要將水和魚放回來，神聖的大教堂池塘將會復活。

不過這次的目的並非清潔池塘。

而是想辦法處理蚊子。

目前雖然有減少蚊子的效果，但我希望確實擬定對策，以防蚊子再度孳生。

先討論一番吧。

傍晚在大教堂的會議室，召開放光池水的相關會議。

附帶一提，我和萊卡依然滿身泥巴，卻直接參加會議。

在意這種事情就輸了，所以我才沒放在心上！

「這個……雖然代表全身都是泥巴，但請各位別放在心上。」
「別西卜，妳這麼說不就反而讓大家在意了嗎？不要多嘴！」
感覺遭到以為是夥伴的人背叛。泥巴有什麼關係嘛。
我坐在細長桌子旁，像是生日宴會的席位上。
這個位置是地位最高的人坐的，因為形式上我是領導。
「嗯哼、嗯哼……我是高原魔女亞梓莎。既然水已經放光，希望各位能發表目前得知的的線索。知道什麼的人請舉手。」
馬上就有一名魔族研究人員舉起手來。
「我們發現了大約十五處產生淤泥等淤積之處。清除掉這些淤泥，應該能大幅降低蚊子的孳生。」
還分發不知何時製作的資料。
這方面他們做得不錯呢，還好研究人員有來。
「謝謝您的發言。就像這樣，希望其他人也提供意見。」
這樣應該大致上可以解決吧。
因為幾乎可以肯定，出現蚊子的就是那座池塘。
接著換大教堂的神官舉手。
「之前有很長一段時間沒有更換過池水。今後應該藉由定期加水與排水，藉以提升水質。另外還要準備流入池塘內的水道，隨時維持池塘內的水流動。」

「也對，維護池水清潔也很重要。」

雖然大家都只提出非常理所當然的意見，但解決這種問題沒有什麼捷徑。所以只能從最理所當然的事情努力。

改善池塘水質沒有捷徑，要從小地方努力做起。

在我心想應該沒有意見時，法托菈舉起手來。

「來，法托菈。有什麼事？」

「一旦找到丟棄鱷魚的人，應該課以罰金。」

有道理！這的確不是放生魚類這麼簡單！

「鱷魚既然這麼大隻，可以鎖定是在非原生棲息地的此處飼養的人。而且還是貴族或有錢商人才辦得到。只要調查這方面，應該自然就能追查到犯人了。」

是沒錯，平民怎麼可能養這種東西呢。

神官中有人傳出「話說好像見過散步中的鱷魚……」的聲音。

「那麼一旦發現，麻煩向對方課以罰金吧。烏龜也是一樣，找到主人就罰錢。」

嗯，這次肯定不會再有新的意見了吧。

結果又有人舉起手來。是別西卜。

「好，請說，魔族農業大臣。有什麼意見就儘管提吧。」

「從池塘裡挖出的垃圾中，找到了這種東西哪。」
別西卜手中握著大約兩個拳頭大小的鮮紅石頭。
我不知道那是什麼，萊卡卻露出驚訝的表情。
「啊！那不是『火炎妖精碎片石』嗎！」
這名字聽起來就似乎具有特殊能力耶！
「嗯，沒錯。眾所周知，這種『火炎妖精碎片石』本身帶有熱量。據說挖掘後過了兩百五十年都還會繼續發熱。」
這應該不是眾所周知的事情。至少我就不知道。
「在冬天環境下，包在毛巾內放進背上會很暖和，從以前就受到王宮貴族的重視。」
原來是懷爐喔！
「因為很燙，小女子拿不了啦……」
別西卜將懷爐石放在桌子上。就叫它懷爐石吧。
「至於這顆石頭，是在池塘裡發現的。」
這次換法托菈站起來。
連舉手都免了啊。我的任務已經不存在了。我好歹還是議長耶。
「看來是因為有人將『火炎妖精碎片石』丟進池塘，導致水溫比以前大幅增加，使得冬季水溫與夏季沒什麼差別。似乎才因此營造適合蚊子生存的環境。」

「妳、妳說什麼！」

終於換我大聲一喊。

的確，冬季水溫只要夠低，就無法孳生蚊子。

可是最近蚊子暴增，就代表池塘產生了環境變異等級的變化。

「換句話說，元凶就是懷爐石嗎！這才是蚊子孳生的原因！」

「懷爐石是什麼？這是『火炎妖精碎片石』喔。」

糟糕，不小心脫口說出自己想出來的用詞了。

「不過這樣就搞定了呢。犯人就是『火炎妖精碎片石』吧。」

「不，亞梓莎小姐，這麼說就太輕率了。」

法托菈當場否定。

「既然是犯人，代表應該是人吧。將『火炎妖精碎片石』丟進池塘裡的人才是犯人。」

感覺她好像在找我的碴。

「或許是這樣沒錯，可是根本找不到丟棄石頭的人吧？」

有監視器也就算了，問題是沒有這種東西。

「『火炎妖精碎片石』非常珍貴。如果沒有特殊原因，是不可能丟棄的，而且只有一定地位的人才會持有。自然可以鎖定犯人。」
只見法托菈緩緩走向長桌。
一言以蔽之，好像偵探。
「而且這座池塘內，棲息了某些沒有放石頭就無法生存的動物。」
「咦，什麼動物？棲息在溫暖地帶的魚類嗎？」
「不，是試圖攻擊亞梓莎小姐的動物。」
「啊，鱷魚嗎……」
其他人也露出恍然大悟的表情。
「丟棄鱷魚的池塘內，也同時丟棄了珍貴的石頭。這未免太湊巧了。換句話說，犯人就是——為了讓無法飼養而拋棄的鱷魚能在池塘生存，才連同『火炎妖精碎片石』一起丟進去！」
只有最後一句話，法托菈略為提高音量。
聽得我們也跟著感到驚訝。
「妳真是厲害，法托菈……竟然知道這種事……是不折不扣的偵探呢……」
「我不是偵探，而是區區輔佐大臣的利維坦。」
這樣已經很強了吧。
即使她露出滿不在乎的表情，但她本人再怎麼說都很得意吧。

「再補充一句，繼續推理下去的話，可知要來丟棄鱷魚這種大型獸類，應該十分顯眼。如果不是很了解大教堂的人物，很難不為人知地進行。比方說，在大教堂值宿的——」

「別再說了！」

一名神官站起來。

「我就是犯人！因為應付不了養在自己家裡的鱷魚，才會丟棄在池塘內！」

法托菈完全猜中了！

犯人神官雙手無力地放在桌上。

「可是我並非從此不愛自己的鱷魚……而是認為這座寬廣的池塘，應該能讓鱷尼克斯、鱷尼喵、鱷尼爾和鱷尼拉幸福地生活……」

雖然他說愛鱷魚，但名字取得真草率。

「我會贖罪……肯定有不少人遭受蚊子的叮咬……我會向洞窟魔女購買五百份『不抓癢』。」

難道贖罪方式是送人止癢藥嗎!?

「非常感謝您的購買！五百份『不抓癢』吧！」

艾諾非常開心。畢竟五百份可是相當大的業績呢。

隨後犯人神官被其他神官帶走。

可能要逼他向仁丹女神像懺悔吧。

另一方面，法托菈依然站著，『呼~』一聲嘆了一口氣。

「愛情有時候會萌生不幸。畢竟天不從人願。」

氣氛完全就像懸疑劇的結局。

「不過區區鱷魚，在利維坦身上要養多少都可以。」

怎麼能用利維坦的尺寸基準思考呢。還有，妳們也沒辦法一直維持利維坦型態吧。

這件事情姑且不論，大量孳生蚊子的問題似乎解決了。

依照身分，我該做個總結吧。

「各位都辛苦了！如此一來，大教堂就不會再受蚊子侵擾，信徒也會再度回流了吧！那就解散——」

「請等一下！」

這次換法托菈的妹妹，瓦妮雅站起來。

難道還留有謎題嗎？姊妹要一起扮演偵探？

呃，可是瓦妮雅沒辦法吧。嗯，肯定不行。她看起來完全不適合。

「亞梓莎小姐，您的表情顯示心裡在想沒禮貌的事情喔……」

穿幫啦。不過法托菈過度優秀本來就屬於異常，要是別人以同樣標準期待，妳也會傷腦筋吧。

「目前我們還剩下一個很大的問題。要散會還太早了。」

「什麼問題？」

「我現在就烹調給各位看看！」

烹調這種表達方式可不算譬喻。

◇

湯匙與餐刀已經整齊地排列在大教堂的會議室。

盤子接連不斷地放置在前方。

第一盤是勾芡炸全魚。一下子就端上很震撼的大菜呢。

「各位！這是瓦妮雅特製的外來魚料理！外來魚種不能放流稻荷川內，所以現在好好享用一番吧！」

廚師瓦妮雅大顯神通嗎！

「的確，增加的動物也是一大問題。」

我原以為不只是養了鱷魚的問題。但是大教堂的池塘在不知不覺中，棲息了原本不存在的魚種與烏龜。

如果讓這些動物逃到其他池塘或河川，又會打擊生態系。

在日本的話，釣到外來魚種應該不能活著帶回去（可以現場活宰，之後再烹調。還可以當場放生）。

這個世界沒有針對外來魚種的法律，但還是當場吃掉比較好，外來魚種饗宴就此開始！

工作告一段落，得好好慶祝一下才行！

「比起魚吾人更喜歡吃肉，不過這真是美味♪」

萊卡也完美遵守餐桌禮儀，一邊享用料理。

發揮大小姐之力，同時比身邊的人更迅速地大快朵頤。

「嗯，雖然是生活在池塘裡的魚，卻沒有腥味。」

「運用了香草的關係吧。巧妙地隱藏了腥味哪。」

吃慣瓦妮雅料理的別西卜向我解釋。

「原來如此。既然身為廚師，當然知道如何美味地食用吧。」

雖然覺得不該食用棲息在大教堂池塘裡的動物，但這算是非法入侵，應該沒關係。

「因為食材數量也很多，最好趁人多的時候食用。」

「瓦妮雅似乎非常開心呢。」
看得出她的表情生氣蓬勃。
「因為可以烹調平常沒用過的食材呀！接下來為各位端上烤魚糕。這一道的口感也很棒喔！」
我猜想類似魚肉漢堡排，結果負責端菜上桌的人真的端來形狀很像漢堡排的菜餚。
而且分量少說有五百公克上下。
「是很美味，但是每一盤料理的分量好多……」
「對吾人而言剛剛好。」
「對小女子而言也是普通分量哪。」
龍族和魔族的胃口都好大……
人類神官似乎才第二盤就已經吃不下了。
剩下的就當作消夜之類吧。
但是主菜還沒上桌，應該遲早會端上大菜。
好不容易吃完漢堡排後不久，跟著端上好幾個大鍋。
「各位！這是龜肉火鍋！吃了會湧現力量喔！」
瓦妮雅廚師長活力十足地大喊。

「已經吃了這麼多，下一道是火鍋啊……我已經吃不下了……」
「亞梓莎大人，請問吾人可以享用嗎？」
還好萊卡在場。
「好啊，吃吧。我吃一點龜肉就好……」
我將龜肉移到小碟子上享用。
這一道我原本也以為有腥味，不過完全沒有。
「話說回來，結果找別西卜來是非常正確的決定呢。」
一開始認為蒼蠅應該也能對付蚊子的想法很硬拗，不過別西卜提議放光池塘裡的水，而且法托菈還發現害蚊子大量孳生的犯人。
「換句話說，我找別西卜來的決定也沒有錯！」
「別厚臉皮自誇哪！」
結果被別西卜抗議。
但從她不遺餘力地幫忙來看，應該是傲嬌吧。
「真是的，組織『水邊生物考察計畫團隊』可是很累人的。得讓女兒們捶捶肩膀才行哪。」
別西卜做作地強調自己肩膀痠痛。
我想法露法她們也覺得，捶肩膀這種小事隨時都可以。

「要我代為幫妳捶肩嗎？」

「妳捶肩的威力太強了！還有既然要捶的話，讓法露法、夏露夏或桑朵菈來吧！」

「還真是誠實呢……」

我將似乎充滿膠原蛋白的龜肉火鍋湯移到別的碟子，以嘴直接飲用。

對日本人而言，這種喝法比較有吃火鍋的感覺。

◇

宴會結束後，我和萊卡、別西卜三人去找仁丹。

得正式向委託人報告結果才行。

「問題順利解決了喔！雖然感覺幾乎都是魔族搞定的……」

「嗯，朕全部看在眼裡。想不到朕的大教堂神官會是犯人……」

仁丹也露出難為情的表情。畢竟這是不折不扣的家醜，沒辦法。

「應該說，神明連自家的神官做了什麼都不知道嗎？神力還真是半吊子哪。」

別西卜相當犀利地吐槽。我也這麼認為。

「囉嗦！即使是神明也無法理解萬事萬物！更何況如果神明能管理所有神官，世界上就不會有任何會做壞事的神官了吧？這樣才詭異不是嗎？」

聽她這麼說，倒是有道理。若神官說的事情絕對正確，這種世界才奇怪？

「不過還好順利解決了呢。蚊子有可能成為帶來疾病的原因，能趁早擬定對策，大家應該都很高興。」

萊卡完美地幫我總結。

「沒錯。雖然魔族擬定了解決方法，不過找魔族來的人是亞梓莎。而對亞梓莎下達神諭的則是朕。換句話說，朕的想法並沒有錯！果然不負神的威名！」

「喂，妳硬拗的程度比亞梓莎還誇張喔！」

仁丹和我的思考模式好像……

此時仁丹難以啟齒地轉過頭去。

「由於魔族的努力解決蚊患，這也必須稱讚才行哪……就告訴神官們，魔族也有相當優秀的人物吧……」

希望這能成為促進魔族與人類融合的契機。雖然似乎已經有一點一點融合的跡象。

「嗯，多多感謝咱們魔族吧。哈哈哈哈哈！」

「還是愈來愈不爽……將她變成青蛙吧。」

「喂！不准恩將仇報！瞧不起人嗎！」

我介入兩人之間。

「來~好乖，好乖。讓咱們開開心心，和睦相處吧。」
即使別西卜一臉不悅，依然向仁丹伸出手來。
「趁此機會，魔族要供奉妳也不是不行哪。」
「若是信徒能增加，要接受魔族也未嘗不可……」
仁丹也回握別西卜的手。
不錯喔，神明與魔族建立溝通的橋梁，很好，很好。
「不好意思，吾人有一事在意。」
萊卡似乎想起什麼。
「要怎麼處理那些鱷魚呢？雖然可以帶牠們前往南方。至少沒辦法做成菜端上桌呢。」
因為實在不忍心吃曾經是寵物的動物……
可是要將鱷魚養在池塘裡，水溫又會成為問題。
若因此造成蚊子孳生就本末倒置了。
「噢，這倒是有方法解決。」
回程的路上，見到在庭園角落建了一間小屋。

鱷魚園
這些鱷魚原本由神官飼養，但因為各種原因，現在已經成為仁丹女神的眷屬。為避免室內暖氣散逸，進出之際請關門。
請勿將手伸進柵欄。
有被咬的危險。

「眷屬絕對是硬拗的吧！」

不過鱷魚也成為神明的使者，或許並不是壞事。

前往異世界

——亞梓莎小姐，有聽見嗎？我正在直接對妳的內心說話喔。

我在廚房準備午餐時，腦內響起這樣的聲音。

會這麼做的應該是梅嘉梅加神吧。這對神明似乎不是難事。

姑且不論這個……

「音量太大了！不，這類似心電感應，或許不該叫音量吧……？總之吵得腦袋嗡嗡作響耶！」

哎呀，真對不起！對人說話還真是不容易呢。這樣應該可以咿咿咿咿——嗡嗡嗡嗡——！

「居然發生類似回授現象的噪音！」

She continued destroy slime for 300 years

這種現象怎麼好像廉價的通訊設備……神明這樣真的好嗎？

哎呀，哎呀，要向相同世界，要向相同世界，的人說話，的人說話，有獨特的難處呢，有獨特的難處呢。

「這次居然產生回音！聽起來好像一句話重複兩遍！」

可能只有懂的人才能理解，聽起來相當噁心。

在我上輩子，講收訊不好的網路電話偶爾會發生這種事。

「怎麼了嗎，主人？」

由於我發出聲音吐槽，結果受到芙拉托緹的懷疑。實際上很可疑吧。

「沒事，芙拉托緹……別放在心上。」

唔～唔～好難設定嘟。…………嘟、嘟、嘟。

「通訊中斷啦！」

能搞得如此缺乏威嚴，反而很強耶！

「主人，請問什麼中斷了呢？您對什麼感到不滿嗎？如果不滿的話，芙拉托緹隨時可以去揍對方一頓。」

「噢，沒那麼血腥啦，沒問題。」

過了一段時間後，通訊再度恢復。

——嘎嘎嘎、嘎嘎嘎～嗯，亞梓莎小姐，聽得見嘎嘎嘎～

「雖然雜音很重，但勉強聽得到聲音。難道沒有更簡單傳送心電感應的魔法嗎……？」

我畢竟是嘎嘎嘎～嘎嘎～神，所以嘎嘎嘎～神明的特殊能力～

話說我即使不開口，也可以在心中溝通吧。

不過有話想吐槽時會忍不住說出來。

為了打發時間而嘗試新東西，能不能陪我一下呢？嘟嚕嚕、嘟嚕嚕、嘟嚕嚕，哎呀，其他的神來電聯絡了。

「心電感應的功能也太不完整了吧！」
為什麼還設定了這種像來電鈴聲的功能啊。
不，更重要的是為了打發時間，叫我陪她的原因還比較震撼。
「打發時間」，這算是神明不該說的話前十名吧。
話雖如此，梅嘉梅加神有讓我轉生到這個世界的恩情。
知道了。可以的話我就參加吧。
謝謝妳啦！那我就過去囉！
咦？要來嗎？
◇
三十分鐘後，梅嘉梅加神來到高原之家。
「午安～我是梅嘉梅加神。累積『德行集點卡』，過高道德水平的生活吧！要留意日行一善喔！」

其實我希望她別來我家，但她之前惹毛仁丹時也來過。
或許因為這樣，我們家人也習於接待她了。
萊卡禮貌地向她道謝「之前有勞您的照顧」。
夏露夏很有學者風範地表示：「想聊聊關於神明精神世界的話題。應該會對神學產生很大的影響。」
這有可能對神學造成過度影響，拜託不要。
其他家人也很快接納了她。
我也不是沒想過，家人的適應能力高得有些離譜。好歹要有一個有常識的人，否則價值觀可能會錯亂，引發意想不到的失敗。
「多虧妳的幫忙，『德行集點卡』制度深植人心了喔。像是搭路線馬車時讓座的人似乎變多；進入迷宮的冒險家也會留下『前方所有寶箱已經開過，進去也是徒勞』等標語，世界似乎確實在變好呢。」
很難說這樣是否真的變好，但只要別變壞，在這種情況下都無妨。
「然後呢，新的嘗試是什麼？」
「是這個。噹噹——！」
梅嘉梅加神拿出來的東西像是漂亮的水晶球。
「要開始占卜之類嗎？雖然神明玩占卜有些小家子氣。」

「哎呀，亞梓莎小姐。提到水晶球就想到占卜，很沒想像力喔。」

結果被她嗆了。我有點受傷耶。

「這個呀，一言以蔽之——就是世界。」

女神隨口說出不得了的概念！

「咦？世界是什麼意思呢……？咦、欸……？」

我一時之間還難以理解。

「不是有種說法嗎，只有神明這種高次元的存在才會創造世界呀。」

聽她的說法，該不會已經創造了吧。

「而我呢，倒是可以創造簡單的世界。就像妳也能在庭園打造池塘，放養魚類，建立全新的小型生態系吧。比庭園稍微高級一點。應該可以稱之為這個世界中的箱庭世界吧～」

她說得很輕鬆，但毫無疑問是非常不得了的舉動。

證據就是夏露夏站著暈了過去。

「媽媽，怎麼辦！夏露夏嘴巴開開的，整個人愣住了！」

法露法也對妹妹的變化感到驚訝。

「我來抱抱她。應該很快就會恢復了！」
我一抱起夏露夏，夏露夏轉眼就復活。
「夏露夏想質問……何謂世界，何謂宇宙，何謂真理……？失落的環節……」
「冷靜一點，夏露夏！頭腦使用過度的話，小心又會呆掉喔！」
神明冷不防說出的話，會擾亂世界的法則呢。
「哎呀呀，真是抱歉。對夏露夏妹妹而言刺激太強烈了嗎？」
梅嘉梅加神還是一樣不疾不徐。
其中，女神說是世界的水晶球眼看快掉到地上，嚇得我一身冷汗。
「哎呀，手滑了一下，差點摔下去了呢。」
「這樣很可怕，還是放在桌上吧！」
如果世界在我面前毀滅，會造成難以言喻的心理創傷，千萬別這樣！
我在桌面鋪上紫色的布，讓她將水晶球放在布的上頭。這樣應該不會再滾來滾去，但由於底下鋪著布，看起來更像占卜館了。
「這顆寶珠世界的結構非常簡單。憑我一個人實在無法創造正規的世界，不過我趁空閒時間做了個騙小孩的東西玩玩。」
「請別太謙虛好嗎？感覺這個世界的人好可憐……」
「不會啦。裡面沒有這麼高等的智慧生命喔～生命目前只有一種而已。」

還真是簡單耶。

生態系究竟變成什麼樣了呢。反而很難想像只有一種生命的世界。

「所以說，有什麼事情呢？」

梅嘉梅加神以空著的手指了指球形世界。

「要不要嘗試化為這個世界的生命玩玩呢？」

女神又輕描淡寫說出很震撼的話……

「以妳容易理解的方式說明，就像ＶＲ一樣。」

真的是只有我才聽得懂的形容方式。

不過對我而言，十分簡明易懂。

換句話說，梅嘉梅加神創造的「球型世界」，從她存在的這個世界看來，相當於虛擬現實嗎？

「即使進入我創造的世界，也絲毫不會影響各位的身體。不會因為任何差錯而無法回到原本的世界。真的不會無法離開進入的球形世界。」

「這樣反而會讓人不安，拜託不要重複兩遍好嗎？」

發生回不來的危機可是這種橋段的固定套路呢……

「吾人雖然有興趣，可是要說不怕就是違心之論……」

萊卡訝異地盯著水晶球瞧。這應該是正常的反應。

「聽起來好有趣，我芙拉托緹要進去！」

「機會難得，我也想進去看看。」

「身為幽靈的我也可以進去嗎？」

芙拉托緹、哈爾卡拉與羅莎莉組成了漫不經心三人組！

「各位，這麼隨意進入不同的世界真的好嗎？這可是不大不小，很不得了的事情耶？最好發揮小心駛得萬年船的精神吧。」

「主人和萊卡都太杞人憂天了。芙拉托緹一點都不在意喔！」

芙拉托緹的個人主義是不去想太多嗎……

「師傅大人，既然女神說沒問題，就絕對沒問題啦。」

哈爾卡拉說絕對沒問題，危險性頓時大增。對哈爾卡拉而言，「絕對」應該等於六成吧。

「反正我已經死過一次了，如果情況危急，到時候再想辦法就好。即使是現在的我，都像是額外關卡呢。」

羅莎莉這種幽靈的想法很難產生共鳴耶！

「比起體驗這個世界，夏露夏更想知道它是透過什麼機制創造。」

「法露法想科學地觀察這個世界呢～！」

兩個女兒真有學者風範啊。

「原來如此～雖然可以用口頭說明，但可能會得到超越人智的知識，導致無法維持理智喔～」

「拜託千萬不要向任何人說明！」

是真的有危險呢。

「那個世界也能行光合作用嗎？」

桑朵菈提出代表植物的問題。

「由於那個世界沒有植物的概念，所以完全沒有問題喔～」

若說毫不擔心是假的，但如果這麼危險，就不會特地來到高原之家讓我們嘗試了吧。梅嘉梅加神其實沒有惡意。

「知道了。我可以進入這個世界看看。」

我點頭同意後，其他家人也異口同聲要進入。畢竟獨自留下來也很坐立難安。

「好！那就準備囉～！」

只見水晶球突然發光——

我的意識頓時消失無蹤。

◇

醒來後，我已經在灰色的地面上。

『這裡就是梅嘉梅加神創造的世界嗎？』

天空是一整片白色。

不知道究竟是多雲，還是由於別的原因呈現白色。

目前除了地面的灰色與天空的白色以外，沒發現任何事物。

『應該說，我究竟變成了什麼啊？』

連鏡子都沒有，所以無法確認。

我可以活動，但頂多只能在地面匍匐前進，或是跳起來。

另外雖然可以思考，卻無法開口說話。

可能是不存在對話這種概念的生物吧。能對話應該就已經相當高等了。

『一直不動也無濟於事，移動看看吧。』

我默默地往前走。

沒有疲勞的感覺，但是地平線一望無際，有種空虛感。

可能由於變成時間感覺都不明顯的生物，連我都一頭霧水。但是不久後，我頭一次見到自己以外的對象。

那是——一隻史萊姆。

是很普通的史萊姆。在家附近經常看到的那種。

對方史萊姆蹦蹦跳跳。

這是威嚇嗎？不過應該沒有哪種生物會弱小到受史萊姆威脅吧。

機會難得，我也接近那隻史萊姆。

不久後，我與史萊姆接觸。

——咕嚕。

結果一種奇妙的感覺迎面而來。彷彿我的身體吸收了史萊姆，或是單方面被吸收。

剛才在面前的史萊姆已經消失無蹤。

『剛才那究竟是什麼呢。難道史萊姆被我吸收了嗎……？』

但我立刻得知不能一概而論。

『哎呀呀，剛才在我芙拉托緹面前的史萊姆不見了。』

唔？

『剛才腦海裡浮現很像芙拉托緹的念頭……』

『我感覺到師傅大人可能會思考的事情了！這是怎麼回事!?』

芙拉托緹果然在！

我嘗試冷靜分析目前的情況。

剛才芙拉托緹也發現史萊姆。

我也同樣發現到。

而現在，周圍沒有見到史萊姆的蹤影。

由此得到的答案只有一個。

就是剛才，我和芙拉托緹分別為不同的史萊姆。

然後觸碰的時候融合在一起了！

話說回來，梅嘉梅加神之前說過，這個世界只有一種生物。

那麼這個世界——該不會只有史萊姆存在吧!?

『主人，原來是這樣啊？真的耶，可以察覺到主人的想法！』

『嗯，我也可以知道芙拉托緹的想法。』

我逐漸明白梅嘉梅加神創造這個世界的意義了。

那位神明大概想透過思考實驗，嘗試創造只有史萊姆存在的世界。

然後將我們放進去，想觀察會變成什麼樣吧。

在我如此思索之際，我的身體不斷往前移動。

嚴格來說是芙拉托緹在移動。

『我們繼續前進吧，主人。反正這是唯一能做的事。』

『有道理，那就走吧。』

芙拉托緹的思考聽起來好像自己的思考，感覺有些麻癢。

『看到不爽的事物就要破壞。遇見討厭的人就要揍一頓。礙事的傢伙就打跑。我芙拉托緹的面前自有道路。即使沒有前例，但只要我芙拉托緹成為第一名就好。』

『好亂來的想法！』

『不過主人，明明生氣卻要忍耐，對健康不好喔。生氣了就該打一架。不講理的傢伙就該揍一頓才對吧？』

『或許這是正確的龍族想法，但還是希望能冷靜一點……』

不知道究竟過了多久，但是持續前進後——

面前出現了史萊姆。

『這次又是誰呢。還是這個世界土生土長的原生史萊姆呢？』

『好！看我打倒它！』

血氣方剛的芙拉托緹衝上前去！

『就說再稍微謹慎一點啦！觀察也是很重要的！』

『主人，後悔和反省都只能等動手之後再說！首先必須挑戰！』

『聽起來好像很帥，但只是什麼都沒想嘛！』

我和芙拉托緹的史萊姆撞上對方史萊姆。

——咕嚕！

又是彷彿吸收對方，並且被對方吸收的感覺！

『哦，剛才在吾人面前的史萊姆消失了呢。究竟跑哪去了呢？剛才它突然衝過來……』

『這個心聲是萊卡嗎？』

雖然並非一般意義上的「聲音」，但是自稱「吾人」就知道是誰了。

『咦？剛才的史萊姆是亞梓莎大人嗎？』

果然，似乎與剛才的萊卡史萊姆化為一體了。

可是這時候，卻發生了大麻煩。

『為什麼我芙拉托緹非得和萊卡在一起啊！好討厭！』

芙拉托緹居然在亂動！

『哇！原來芙拉托緹也在啊……趕快離開這裡好嗎！』

『這是我要說的話！快滾出去！』

史萊姆朝各種方向扭來扭去！

『哇，身體快扭斷啦！住手，快住手！』

史萊姆朝不同的方向歪七扭八地扭動！

『妳在做什麼啊！芙拉托緹，不要做奇怪的事情好嗎！』
『少囉嗦！我正在想辦法將妳趕出去！』
『已經合而為一了，應該沒辦法吧……』
包含我在內的史萊姆在附近又是蹦蹦跳跳，又是在地面攤平。
身體明明是同一個，內心卻有三個就會變成這樣啊！
過了一段時間後，萊卡與芙拉托緹都安分下來。
可能是鬧累了吧。由於我也共用同一個身體，透過疲倦感可以得知。剛才一直反覆奇怪地活動，似乎因此累了。
『因為不知道怎麼將妳趕出去……』
『似乎沒有讓芙拉托緹脫離的選項……何況也不知道從哪裡到哪裡算是妳。』
嗯，就是這樣。現在我們已經變成了同一隻史萊姆。
無法區分哪一部分是我，哪一部分則是芙拉托緹或萊卡。
『換句話說，吾人目前與亞梓莎大人是一心同體呢……』
萊卡在害羞——感覺上是。
『真、真是光榮！太過光榮了呢！』
『這值得開心嗎……』

『是的！即使是與現實不同的世界，吾人依然非常開心！』

如果在現實變成這樣，那可就悲劇了。我安慰自己，就當作經歷一段奇妙的體驗吧。

但是也參雜了不這麼想的人。

『哇啊啊啊！好不容易能與主人合而為一，萊卡居然混在一起！這可是雜質！真是糟蹋耶！』

我和萊卡變成同一個身體，代表芙拉托緹和萊卡也是同一個身體。

芙拉托緹似乎現在才發現。

啊，兩人可能又要吵起來了……

『妳們兩人和睦相處吧……別說和睦，現在根本是一心同體，要吵架也無從吵起……』

『既然亞梓莎大人這麼說……』

『我會服從主人的命令……』

雖然心想根本分不清哪裡是主人，哪裡不是，但還是別思考困難的事情吧。

不過這些想法也會傳達給她們嗎……

各種常識在這個世界都不管用呢。

我們這隻史萊姆繼續在荒野中旅行。
雖然不明白史萊姆有沒有旅行這種概念。
還有與其說荒野，但這個世界只有一片空無一物的平原。
如果真如梅嘉梅加神的說明，應該也不存在任何植物。
我們又是在地面拖行，又是蹦蹦跳跳地前進。
『話說，現在究竟過了多少時間啊？』
『吾人完全不明白。況且這個世界似乎也沒有太陽東升西沉。』
史萊姆似乎沒什麼時間觀念。
至於進食，大概是從荒野或空氣中吸收某些物質吧。
或者這個世界並未設定攝取營養這種概念。
『睏了就睡，肚子餓了就吃東西即可。現在我兩者都不在意。』
總覺得芙拉托緹才是最適合這個世界的人。

再度不停前進後——
出現一隻還算大的史萊姆。
該不會是好幾隻合體過的史萊姆吧。
『其實也不是沒有逃跑的選項，怎麼樣？』

『主人，逃跑實在太丟臉了，辦不到！芙拉托緹要戰鬥！』
『亞梓莎大人，撤退這個選項必須先戰鬥才會出現。首先必須戰鬥，否則就不算逃跑，只能叫做什麼都不做！』
兩隻龍在這部分的意見倒是一致。
我們這隻史萊姆以墊步，跨步，跳躍的訣竅，在那隻史萊姆的上方著陸。
碰觸的瞬間再度傳來獨特的感覺，意識卻沒有消失。
『啊，可以得知許多人的思考呢！好厲害！』
『有媽媽在。這是奇蹟般的體驗。』
『變得更加吵鬧了呢。不過我就忍耐吧。植物可是很能忍的。』
這該不會，該不會是……

『哇！與女兒們化為一體了！』

我高興地坐立難安，當場蹦蹦跳跳。
看來只要某個人想活動，即使意識無法統一，史萊姆的身體依然會有動作。
『竟然能與女兒完全合而為一，從來沒有這麼棒的事情呢。真是驚人的體驗！謝謝妳，梅嘉梅加神！太棒啦，太棒啦！大家的體貼傳達給我了呢！不，傳達給我這種形容詞也很怪！應該說統統合而為一了！』
『媽媽，冷靜一點，冷靜一點。』
『由於是特殊體驗，應該暫時進入興奮狀態。很快就會安靜下來。』
『哎，吵死人了！動物就是靜不下來！』
整體而言女兒們十分冷靜，倒是有點難過。但可能只是我高興過頭了。
話說回來，以前上大學時聽過，如果母親包容的愛過於強烈，會讓小孩窒息。難道就是這樣嗎……
父母與子女試圖化為一體，也會妨礙孩子的自立呢……這還真難耶……可是大家的外表都還是小孩，即使身為母親展現包容，應該在容許範圍內吧。
『教育學方面累積的學問尚淺。夏露夏無法提供意見。』
『該怎麼定義小孩，這個問題至今也尚未解決呢～』
『妳們真的很喜歡這種困難的事情呢……』
女兒們始終好冷靜……
『不過和媽媽同一個身體，法露法非常高興喔！』
『謝謝妳！我就是想聽到這句話！』
『夏露夏也算很高興。但這究竟是對他人的愛，還是自戀呢。夏露夏不知道怎麼得出結論。』

『夏露夏的問題在史萊姆狀態下，應該非常難解答……不過多想想應該是好事。深思熟慮也算是念書。』

『動物的世界比植物更加單純呢。』

『桑朵菈，史萊姆能不能算動物其實很有爭議喔。』

另外萊卡和芙拉托緹彼此聊著『體型變得相當大了呢』，『就這樣朝世界第一大為目標吧！』。

雖然所有人都聽得到心聲，但其中似乎還是會成立個別對話。

之後我們再度往前進。

我們究竟來到多遠了呢——其實應該沒有走多遠。畢竟是史萊姆的速度。

不過我們一直往前進。

因為沒別的事情好做。

這不是比喻，而是真的無事可做。

史萊姆活著究竟對什麼感到開心呢……或者僅因為這個世界只有史萊姆才比較特別，原本世界的史萊姆會想很多事情？

但是原本世界的知識似乎派得上用場——

『夏露夏以馬吃掉這只棋。』

『那吾人就將衛兵下在前方這一格。』

夏露夏與萊卡玩起類似西洋棋的遊戲。

雖然連誰占上風都不知道，但肯定是精采的對弈。

——不久後，我們也吸收了哈爾卡拉與羅莎莉的史萊姆。

換句話說，原本是家族的所有人都變成了同一隻史萊姆。

『與師傅大人的身體重合了……有點色色的呢……』

『哈爾卡拉，不准胡思亂想。』

何況這個世界有色情這種概念嗎？

『我曾經與他人的身體重合，這樣有什麼奇怪的意義嗎？』

『羅莎莉小姐，那只是幽靈的身體穿過人的身體而已……』

哈爾卡拉指出兩者的不同。

即使變成了大家族，可是卻沒有什麼勝利條件，因此只能前進……

我原本以為這個世界已經沒有史萊姆，結果並非如此。

我們還發現了其他史萊姆，原來除了家人以外還有原生史萊姆啊。

不過隨著史萊姆愈變愈大，思考也產生了變化。

大家似乎逐漸不再發表意見了。該說個人意見減少了嗎？還是因為原生史萊姆完全沒有任何意見呢。

必須吸收更多。

必須吸收更多史萊姆。

我們……我們得吸收更多史萊姆才行……

於是我們自然而然地行動。

◇

……

…………

我們純粹在這個世界，不斷、不斷往前進。

一旦發現史萊姆就靠近，吸收到自己體內。

因為這對我們而言既是目的，也通往最終的解答。

不知不覺中，我們已經變成超過一千隻的史萊姆群體。

而且也愈來愈找不到其他的史萊姆了。

最後我們終於找不到任何史萊姆。
不只是這樣，連之前認知的地面與天空都不見了。
原因可以推測得知。
連這些事物都被變大的我們吸收了吧。
在某一瞬間，我們得到了如下的結論。

◇

整個世界都變成了我們。

這個世界除了史萊姆、地面與天空以外不存在「別人」。一切都包含在「我們」之中。換句話說，我們既是「個體」，也是「全部」。
化為「全部」的我們，靜靜停留在原地不動。
該說已經失去移動這種概念了嗎？一切事物都在我們的體內。
我們會永遠存在於此地！
忽然，我們當中的某人如此思考。
『假設我們已經包含這個世界的一切，如果除了這個世界以外還有其他世界會怎麼樣？到時候我們不就無法說自己既是「個體」，也是「全部」了吧。』

我們當中的某人回答。

『這個思考實驗很有趣，可是卻有矛盾。如果我們並非「個體」也非「全部」，那麼自然可以活動。但我們既是「個體」也是「全部」，那就不存在可以活動的空間。因為我們已經是這個世界本身，所以呈現靜止。』

等我們不再活動，才能證明我們既是「個體」也是「全部」。

因此目前不可能存在其他世界。

可是在我們當中出現反駁的人。

『那只不過代表我們與「這個世界」化為一體。只要「這個世界」存在，任何人都無法觀測我們的移動，所以可以視為已經不再移動。可是這無法證明外部不存在。』

『咦，這是什麼意思……？』

『不好意思，太難了我開始混淆了……我個人似乎不擅長念書……』

『打個比方。假設這個世界是一顆球，我們就是這顆球。那麼球的外觀看起來應該呈現永遠靜止。因為只有球而已。』

『比剛才更容易明白了呢！』

『但是假設某一時刻，這顆球碰上了類似牆壁的事物，打破牆壁來到外側。於是外側的某人將會發現我們的移動。當然這只是可能性。』
他似乎想表達除了我們以外，可能還有其他世界。
我們都表達同意。只要有任何我們既非「個體」也非「全部」的可能性，那就應該移動。
然後如果發現其他事物，就應該包含在這個身體裡。
當然，要能發現我們在移動，就要衝出去來到其他世界。但是在那之前，我們究竟在移動還是呈現靜止，兩者是無法區分的。
只不過以意識而言，我們認為自己在移動。

又過了漫長，很漫長的時間——
我們難得感覺到「他人」的存在。
因為我們碰到了類似牆壁的東西！
噢……終於發現了……
我們並非「全部」。還有其他事物存在！
我們要打破這面牆壁，將位於外側的世界全部化為我們的一部分！

◇

「好，將一切吸收到我們的體內……………哎呀……？噢，原來是夢啊……」

我倒在飯廳的地上。其他家人也同樣倒在地上，或是趴在桌上睡著。

不過幾乎同時醒過來。

只有梅嘉梅加神將外觀像水晶球的世界放在桌上，喝著茶。

「各位辛苦囉。非常感謝各位參加實驗。」

「只記得好像做了個自己變成史萊姆的夢……」

似乎從中途變成非常宏大又富有哲學的議題，但我記不清楚了。

「是的。我原本嘗試製作只有史萊姆這種生命存在的世界，但老實說，結果弄砸了。史萊姆吸收了其他史萊姆，最後與整個世界合而為一。」

夏露夏手扠胸前，同時閉著眼睛點頭。

一副明白一切的態度。

「光是這樣就出問題了，結果史萊姆甚至追求世界的外側而差點衝出來。如果就這樣，連不同世界都要吸進體內的話——」

「將會吸收一切，化為深淵。依照定義，一旦這種東西存在，任何世界都會消滅，連宇宙都會消失無蹤。有可能造成所有世界化為虛無。」

夏露夏接著梅嘉梅加神回答。

「夏露夏這番話真是可怕……」

「以亞梓莎小姐聽得懂的方式形容，就是如果有個世界只有史萊姆，總有一天會變成黑洞，連其他星球都吸進去喔～」

黑洞實在太可怕了。

不，應該說史萊姆比較可怕吧？

◇

之後一段時間內，我狩獵史萊姆時都會怕怕的。

「如果這個世界全都是史萊姆，就會發生驚天動地的大事呢……」

還好除了史萊姆以外有其他生物。幸好有各式各樣的生物。

「怎麼了嗎，媽媽？」

「表情看起來十分緊張。」

一直跟在我身邊的法露法與夏露夏表示擔憂。

看到兩人的臉龐，我頓時切換心情。

「還好世界上有史萊姆！」

否則史萊姆妖精法露法與夏露夏都無法存在！

「我最愛妳們兩個了！」

我緊緊摟住兩人。

「法露法也最喜歡媽媽～！」

「其實這件事情不需要說。」

果然凡事過於極端都不好，適度才是最好的。

© Benio

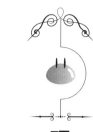

頭髮剪得太短了

「亞梓莎，妳的頭髮是不是長了？」
我前往水滴妖精悠芙芙媽媽的家放鬆時，媽媽這麼說。
「咦，是嗎？我沒注意到呢。」
「嗯，稍微長了一點。尤其像這樣躺在沙發上，就看得更清楚囉。」
唔……我剛才的確一直在沙發上懶懶散散，真難為情。
「那麼下次我去剪頭髮吧。原來我的頭髮太長了嗎……」
「啊，我想到好點子了♪」
悠芙芙媽媽的聲音好像高了一個八度。
「這樣吧，我幫妳剪頭髮就好啦。剪刀我有，呵呵呵～」
然後悠芙芙媽媽迅速打開裝了小東西的櫃子，開始尋找剪刀。
「拜託，拜託！我還沒說要剪耶！」
「別擔心嘛。我不是也當了這麼久的水滴妖精嗎？這點事情難不倒我。」

「完全看不出來水滴妖精與擅長剪頭髮有什麼關聯。」

我倒不是懷疑悠芙芙媽媽，但我不知道她剪頭髮的本領，所以擔心是否能交給她。

「我的頭髮也是自己剪的喔。」

悠芙芙媽媽以手指梳理自己的頭髮。

「是嗎？那應該可以剪得好吧……」

悠芙芙媽媽相當時髦，在妖精中的水準應該也相當高吧。

不過還有流浪畫家裘雅莉娜等人，精靈究竟過著多麼時髦的生活也是個謎。

之前參加世界妖精會議時，有一定數量的男性妖精赤裸上半身露出肌肉。如果比起時髦更重視身體的話，或許不會太在乎髮型……

「而且幫女兒剪頭髮，可是我的夢想呢～」

悠芙芙媽媽慈愛地表示。

唔！表情好有母性喔！

看到她的表情，身為女兒的我實在無法拒絕！

「我知道了，悠芙芙媽媽！剪吧！俐落地剪吧！」

為了媽媽的笑容，我也豎起大拇指回應。

「哎喲～我才不會俐落地剪呢，而是更仔細地剪喔。」

於是決定由悠芙芙媽媽剪頭髮。
我坐在椅子上，脖子圍著一塊布，看起來好像晴天娃娃。
由於不是理髮店，只是普通的房間，沒有鏡子多少有些不安。但是悠芙芙媽媽看得見，總會有辦法吧。
「那就開始剪囉，首先打溼頭髮。來，只要我摸一摸，就會充分溼潤喔。」
基於特性，她的確適合剪髮。
「好，開始剪吧。」
唰！唰！嚓！
咦，悠芙芙媽媽是十分穩重的人物，但是剪起頭髮很強勢呢。
啪嚓！啪嚓！喀嚓！
聲音聽起來好有攻擊性，我愈來愈不安了。
「呃，媽媽，是不是別剪這麼多比較好呢……？」
「放心把，我刻意大膽地——哎呀呀，是不是剪太多了呢。」
「咦!?悠芙芙媽媽，雖然才開始剪了十秒左右，但我已經聽到不能充耳不聞的話了……」
「別擔心，說是剪太多，其實只是多剪了等級一而已。要挽救太容易了，小意思小義士啦。」

出現了這個世界中形容小意思的方式。

「知道了。那就相信悠芙芙媽媽吧。」

「嗯，交給我吧。我不會再失手了。」

「剛才好像聽到了失手這兩個字……」

啪嚓！啪嚓！喀嚓！

啊，好像剪得比剛才更謹慎了些。

「哎呀呀，又剪太多了呢～」

「悠芙芙媽媽!?真的沒問題嗎!?比剛才更加惡化了吧!?」

「放心吧。這樣很帥氣喔。」

「這是用來形容朋友剪了個微妙的髮型吧！真的，真的，沒問題嗎？」

「亞梓莎，相信媽媽吧。已經沒有退路了。如果現在中斷，髮型就會變得很奇怪。大約達到剪過頭等級五十三吧。」

「從剛才的等級一暴增了耶！」

這麼短的時間到底產生了多少經驗值啊!?

「要說ＯＫ還是不ＯＫ呢，是接近不ＯＫ的ＯＫ吧。」

媽媽說出可能是在店裡最不想聽見的前幾名臺詞。

「趁現在修剪成幾乎等於ＯＫ的ＯＫ程度就好了。嗯，我一定能辦到！

「……………哎呀，等級五十六了呢。」
剪過頭等級又增加了三級！
「可以啦，可以啦。現在才開始呢。好，這樣剪，再這樣剪……嗯，接近ＯＫ的不ＯＫ呢。」
「已經變成不ＯＫ了！」
我想看看鏡子！不對，應該說我不想看！
「亞梓莎，相信媽媽吧。媽媽的愛是貨真價實的喔。」
「悠芙芙媽媽，現在的問題在於頭髮吧？可不是母愛這種精神上的概念喔？」
開始懷疑她在轉移焦點了。
「雖然不ＯＫ，其實才等級三十一喔。還有機會縮減到不ＯＫ等級十五級左右。」
「剛才不是說等級五十三嗎？」
「那是剪過頭的等級，現在則是不ＯＫ的等級。」
「等級三十一也很嚴重了呢。以冒險家而言，已經達到熟練的領域了。」
「所以要將職業生涯第三年，頗為活躍的冒險家拉低到不ＯＫ等級十五級左右喔。」
「反正還是不ＯＫ嘛！」

——之後持續了一段可怕的時間。

雖然不時聽到「不ＯＫ等級六十三級」、「剪過頭中級」、「剛才錯的不是我，是剪刀」、「別在意，別在意！」等讓人不安的話，但我已經懶得管了。

「嗯，剪好了！名叫未完成的完成！」

拜託別亂加奇怪的形容詞，坦誠地說完成就好了嘛！

「來，亞梓莎，頭髮剪成這樣喔。」

悠芙芙媽媽將鏡子端到我的面前。

鏡中的我頭髮大幅變短，看起來有點像娃娃頭。

「看起來不會不可愛吧。這樣很不錯喔，時髦耶。」

「或許很時髦，但我希望能剪得更ＯＫ一點……」

記得上輩子好像也有女演員剪成這種髮型。高級時髦人士或許ＯＫ吧。

但是真要說的話，這種髮型適合矮個子女孩。至於是否適合我，則實在有點懷疑……

「亞梓莎，我自己的頭髮很短，所以只會剪成短髮造型。我現在才發現呢。」

不對吧，媽媽妳的頭髮很長耶!?

說什麼都是馬後炮。

◇

事到如今，再向悠芙芙媽媽抱怨也於事無補，於是我回到高原之家。

我不是要幫悠芙芙媽媽辯護（不如說是為了我自己辯護），但是還算時髦。也沒有要命的不自然之處。即使這種髮型的人走在街上，我應該也會覺得可愛。

純粹只是從我以前的髮型來看，大幅變短了而已。

如果堅稱是改變形象，應該可以拗過去吧。反正頭髮很快就會長長，嗯，沒問題啦。以沒問題等級而言，大約等級三吧。

回到家後，我首先遇到桑朵菈。

在家門前的菜園遇見她，嚴格來說可能回到家的前一刻。

「哦，亞梓莎，頭髮剪得真短呢。失戀嗎？」

「不是啦。」

結果她反而亂猜一通。

「其實這樣也不錯吧?對時髦特別有自信的女孩才會剪這種髮型。換一件更輕巧的服裝就完全可以接受吧？」

她給我的建議出乎意料地實用。不愧是外表年幼卻活了一大把年紀。不過話說回

來，桑朵菈不是過著長年與時髦這兩個字無緣的潛伏生活嗎……

原來如此，因為衣服沒變，只有髮型大幅改變，才會看起來特別怪。

之前我穿的都是魔女服，整體而言雖然雅致，也多少有些厚重的感覺。

既然髮型變得輕盈，服裝也朝輕裝的方向搭配，不就能醞釀出流行尖端的氣氛嗎？其實莫宰羊（惡靈王小穆的口頭禪）。

我的想法在打開家門、正式回到家的階段後變得更強烈。

法露法在飯廳看著相當艱澀的書籍，像是數學公式的內容比文字更多。

「啊，媽媽！哇，媽媽！好棒喔！」

只見法露法的眼睛炯炯有神。這是我的新髮型受歡迎的證據！

「是嗎？很合適嗎？媽媽真是開心呢。」

由於我很現實，一聽到女兒的稱讚，心情頓時愈來愈好。這也多虧了悠芙芙媽媽呢～

不過法露法脫口說出更重要的資訊。

「媽媽剪成和法露法與夏露夏相同的髮型了呢！」

什麼！這一點我倒沒想過。

我再次端詳鏡子後——

「真的，很接近法露法與夏露夏的髮型呢……」

當然不至於一模一樣，而且還有身高差距。如果真的完全一樣，反而看起來很怪。終究只是相似而已吧。

不過從我之前的髮型來看，肯定相當接近沒錯。

這時候夏露夏也來了。

「姊姊，差不多該去高原散步了——啊，媽媽……」

夏露夏見到我與平時不一樣，似乎也受到不小的衝擊。

「媽媽，怎麼了嗎。變……變得可愛了呢。」

我在心中擺出勝利姿勢。

聽到女兒稱讚「好可愛」耶！

太棒啦，太棒啦！我好開心！今天真是好日子！

「哎呀，大姊真的變可愛了呢。」

這時候，羅莎莉從牆壁冒出來。

在不知情的人眼中純粹就是靈異現象，但在我們家早已司空見慣。

沒有從腳底下冒出來那麼嚇人。

「髮型相似的三人站在一起，**與其說母女看起來更像姊妹**呢。而且外表像姊妹也說得過去。」

又出現了重要發言。

有如想拿粉紅色的螢光筆，在教科書的重要段落畫線。

「羅莎莉，再說一次。」

「咦？說哪裡呢？**與其說母女看起來更像姊妹**嗎？」

「對，就是這裡！」

仔細想想，我一直扮演法露法與夏露夏的母親角色。

這完全沒有問題，母親角色也非常好。

不過從外表看來，我和法露法、夏露夏反而當姊妹比較自然。

偶爾嘗試當姊妹也不錯呢。嗯，很好。

應該說，我想當當看。

「法露法，夏露夏，下次我們前往遠一點的城鎮吧。」

「嗯！法露法要跟著去！」

「旅行會讓人意識到平常沒有留意到的事物。溫故而知新。見外表察覺內在。」

其實不需要夏露夏說得有些困難的理論。簡單來說，我想扮演姊妹與兩人共處一段時光。

附帶一提，新髮型大致上也受到其他家人的稱讚。

只不過我們家人都有些脫線。

「哦，不錯呢，主人。這樣在較勁力量的時候，頭髮就不容易妨礙啦！」

芙拉托緹的思維以戰鬥優先。

「亞梓莎大人，意思是長髮會妨礙修行嗎？不過吾人依然認為剪了頭髮的亞梓莎大人很好看！」

總覺得萊卡的想法也和芙拉托緹十分相似。是因為兩人都是龍族嗎？

「師傅大人，您失戀了嗎？但究竟何時談的戀愛呢？」

哈爾卡拉是從戀愛的角度嗎？

「究竟是與哪位女性失戀了呢!?」

「為何要限定女性，這一點詳細告訴我。」

「因為連我都知道，師傅大人的身邊絲毫沒有男性的蹤影啊～」

聽得我有點惱火……其實她也不是刻意在開玩笑，但聽了還是會不爽……

整體來看，感覺其實還不錯。還得向悠芙芙媽媽報告，其實一點也不會不ＯＫ呢。

若說哪裡有問題，就是在滿腦子戀愛的人眼中，剪短頭髮就會被當成失戀的訊號吧……

和兩個女兒，不，兩個妹妹來到鎮上後，找找適合這款髮型的服裝吧。

◇

在一個大晴天，我帶法露法與夏露夏前往州府維達梅。

我請萊卡送我們到半路。雖然她還要負責煮飯，有些過意不去，但是對萊卡而言，飛到維達梅似乎就像一小段接送而已。

於是我們三人在鎮上漫步。

「真是熱鬧呢～法露法比平時更加開心呢！有沒有賣點心呢！」

「這是都市的喧囂。但是身處喧囂依然擁有領悟之心才是真正的賢者。在只有鹿鳴蟲叫的幽靜土地上宣稱自己領悟，只能算半吊子的賢者。」

總覺得離家愈遠，兩人的不同就更加明顯。

「等一下肯定會去妳們想去的店。不過媽媽想先挑選一件洋裝，可以等我一下嗎？」

「嗯，好喔！」

「石頭坐三年也會暖，面壁則需要九年。」

這也太久了吧。

還有另一項重要的規則。

「今天呢，媽媽希望妳們兩人稱呼我『姊姊』而不是媽媽，可以嗎？」

即使自己主動提議十分難為情，但如果害羞而退縮的話，就變成半途而廢了。

「嗯，好喔！姊姊！亞梓莎姊姊！」

「法露法做得好！」

真是聽話的好孩子呢。

啊，不行。這是當母親的感想，怎麼可以自己破壞人設呢。

「亞、亞梓莎姊姊……念起來有點不好意思……」

夏露夏似乎有些抗拒，她以右手邊摀著嘴邊說。

「夏露夏，或許有些奇怪，但是拜託今天保持這樣！」

「嗯，媽……亞梓莎姊姊……」

聽她害羞地開口也非常可愛呢。

老實說，因為女兒很可愛，聽她們怎麼喊都好。

總之已經得到了女兒——不對，妹妹們的同意，所以去買衣服吧。

我嘗試稍微冒險一點（不是進入迷宮那種冒險的意思）。

買了相當花俏的衣服，在店裡換上。

裙子也試穿比平時略短的款式，還重點式戴了類似髮箍的飾品。

由於我之前都扮演母親或家長的身分，才會下意識穿著比較沉穩的服裝，何況我的職業還是魔女。
應該說我從獨居時代開始，就一直過著只在高原之家與弗拉塔村往返的生活，所以很少有機會留意時尚。
即使在上輩子，穿著原宿潮服跑到有熊出沒的偏僻鄉下，看起來肯定不自然。可是穿得華麗一點可以避免被獵槍打中，或許也不錯呢……
算了，上輩子的話題不重要。
我的外表長時間維持十七歲，亦即明明像高中女生，卻從未穿著高中女生的服裝外出。這等於浪費自己的優勢吧？
今天就打扮得更像高中女生一點！
「怎麼樣，妳們覺得姊姊的衣服好看嗎!?」
「哇~媽媽……不對，亞梓莎姊姊，好可愛喔！」
「媽媽姊姊，好耀眼。宛如天使的圖畫。」
兩人目前還沒有將我當成姊姊看待呢……夏露夏還喊成了媽媽姊姊。好像沒有親生母親，所以由姊姊扛起母職，家境聽起來很沉重。
這方面就讓她們一點一點習慣吧。
不管怎麼說，已經準備萬全了。就以姊妹的身分遊玩吧！
首先依照法露法的要求，前往販售點心的店鋪。

「有什麼想吃的點心，姊姊統統買給妳喔！」

「那就這個與這個，還有那個！」

「夏露夏要法露法姊姊選的相同點心。」

「怎麼一點自主性也沒有……夏露夏也可以選自己想吃的口味啊。」

「隔壁的碗看起來比較大，選不同的商品肯定會後悔。所以從一開始選同款的就好。」

雖然覺得這樣真的好嗎，不過沒差。

連店員都說「兩位妹妹真是可愛，雙胞胎嗎？」

好，看起來像姊妹。作戰成功。

即使心想哪有什麼作戰，但在我心中就是成功。

我們邊吃點心邊在鎮上散步。

在我看來左手邊是法露法，右手邊是夏露夏。

「亞梓莎姊姊，點心真好吃！」

「對呀對呀。不過這種情況對姊姊而言更棒呢～」

另一方面，夏露夏始終默默地吃點心。吃東西時保持沉默大概是禮儀吧。

偶爾從路人口中聽到「好可愛～雙胞胎呢～」的稱讚聲。

對啊，很可愛吧。

還聽到「是雙胞胎耶，一模一樣」的聲音。

嗯，像極了吧。雖然個性完全不一樣。

不過大家都聚焦在雙胞胎上，沒有注意到我。

因為雙胞胎姊妹的印象比較強烈。

這或許是失算……我太小看雙胞胎的力量了。

這麼一來，我要在鎮上慢慢走到出現反應為止。

然後我聽見「哦，姊妹在一起呢」的聲音。

沒錯！很漂亮的姊妹吧！

結果後面又多了句「真的耶，雙胞胎姊妹走在一起呢～」……

又是只注意法露法與夏露夏嗎？

把我算進去！我看起來像長女吧！我們三人是一組的！

「媽……亞梓莎姊姊，夏露夏有想去的店。」

「好啊，是哪裡呢？什麼店都可以喔～」

「舊書店。」

夏露夏手指的另一端是頗有年份，彷彿一推就會倒塌的建築物。

店門前擺出「維達梅知識之泉書店」的招牌。

好樸素……發揮不出姊妹感……

即使夏露夏很可愛，但是她的興趣卻偏向樸實無華……

不過為了妹妹，姊姊應該努力。也要回應期望才行。

「知道了。我們三人一起去那間書店吧。」

「高原之家附近沒有那種店，真是開心。」

夏露夏朝舊書店小跑步。

另外，法露法似乎也感興趣地——

「希望有研究天體的書本～！」

快步跑向書店。

唔，果然只有我格格不入！

雖然我想表現得更像三姊妹，卻覺得好像和平常一樣！

但就在這時候，傳來了救贖的聲音。

「那個姊姊對兩個妹妹手足無措呢。」「有兩個年紀小的妹妹真是辛苦。」

哦，在路人口中看起來像三姊妹了！

對啊！我們是美女三姊妹！

路人沒有說我是美女？這一點就別管了。
由於心情好轉，我也在舊書店買了幾本魔法書。

走著走著，又聽到「那邊的三姊妹，髮型都好相似呢～」「可以喔～」這些聲音。
也許有人會覺得怎麼聽到這麼多，但可不是幻聽。而是真的有人這麼說。
只要集中精神聆聽，由於我的狀態數值高，可以聽得很清楚。拜能力所賜，原本擦身而過的人聽不見的聲音都沒漏聽。
嗯嗯，很ＯＫ對吧。是美女三姊妹吧。
「亞梓莎姊姊好像很開心呢♪」
「看得出來嗎，法露法？看得出來吧？對呀，姊姊很開心喔～」
可能換了新髮型和新衣服，我也覺得自己比平時更加活潑好動。
畢竟時髦不是只有改變外表而已。
而是從外表連同人的行動一起改變。
「還有夏露夏，邊走邊看書很危險，還是別這樣……會撞到人喔……」
夏露夏的模樣好像二宮金次郎雕像。
「不小心看得太認真了。等回到家再好好地看。」
「法露法，接下來想去哪裡呢？」

「那麼，法露法想去圖書館！」
這對雙胞胎真是愛念書呢！
話雖如此，這個世界又沒有遊樂園。況且高原之家附近雖然沒有大型花圃，但是有看不完的野生花朵。難得來到不算小的城鎮，想去的地方就變成圖書館了嗎……
說是圖書館，其實不是日本的公立圖書館那種地方，而是付錢才能進入的私人圖書館。這裡是州府，所以也有這種地方。
「知道了，那就去圖書館吧……」
「太棒啦！最喜歡媽媽姊姊了！」
「媽媽姊姊有仔細思考妹妹的教育問題。是姊姊的模範。」
很難完全擺脫母親的要素呢……
我穿著橘色衣服在圖書館晃來晃去，做些沒什麼意義的事情消磨時間。
穿著色彩明亮的服裝閱覽藥草區的書籍，發現幾名看似魔女的人，我則顯得格格不入……
——不知不覺中，過了一個半小時。
陪愛書的兩人在一起，一天好快就過了。真是可惜。
「這個……我希望可以去別的地方……還有其他提議嗎？」

「夏露夏想去港口，觀賞船隻進港。」

「交通工具嗎，或許不錯。」

孩子果然喜歡交通工具。

剛才提到的港口，並不是面朝海洋，而是流經維達梅的河川上的港口。

南堤爾州並未臨海，不過有一條狹窄而細小的河川，船隻會逆流而上，搬運物資進城。有幾處地方視情況，得由人力拉船強行通過，所以大船進不來。

我們前往可以清楚看見往來船隻之處，坐在呈現階梯狀的地方。

「夏露夏，妳看，船來囉，來了喔∼」

夏露夏一直在看書。

沒有看船一眼。

「船，船來了喔，船！」

「噢……嗯，船。卸貨後繁忙的港口，中氣十足的吆喝聲，其中還參雜了遠方土地的方言。四方各地的人們往來交錯，這就是港口。非常有趣。」

「真是樸實的享受方式……」

「一邊聽著這些聲音，悠哉地讀書。這種使用時間的方式相當奢侈。」

結果還是看書嗎！

討厭……我原本希望像姊妹一樣，更加嘻嘻哈哈地喧鬧，但是夏露夏實在太老成了……

不過法露法應該會對交通工具感到興奮吧？

我如此心想，結果法露法也眼睛炯炯有神地看著剛剛在店裡買的書。

還是擋不住書本的樂趣嗎？

「哎呀，有熱心念書的女兒，媽媽好高興呢……」

舉白旗投降的我嘆了口氣。

扮演姊妹的作戰就到此為止吧。

然後我再度體會到。

我當母親會得心應手，其實不只是我的原因呢。

因為兩個女兒都很乖，如果我隨便做出孩子氣的舉動，就會分不出誰才是大人。

法露法與夏露夏至少比隨便哪個十七歲的人更成熟。當然也保留孩子的要素，有時候會追逐蚱蜢，但是一來鎮上就尋找在弗拉塔村買不到的書，這一點很成熟。

算了，無妨。我身為兩人的母親，今後同樣會好好盡責。

「啊，又有船。」

看著港口的同時，夏露夏嘴裡嘀咕。

新來一艘船抵達了港口，有人走下船進入港內。

「還真是熱鬧呢。」

不過我的心中卻有些忐忑不安。

那艘船與之前的船有些不一樣。

「魔王大人，為何特地想搭乘船隻這種交通工具……？」

「這是為了確認貿易船是否發揮功能啊，別西卜小姐。這也是工作，可不是在玩喔。」

從船裡走出來的人當中，竟然有別西卜和佩克菈！

怎麼會有她們兩人!?不，原因我已經聽到她們聊天的內容，所以大致上明白了。

多半是販賣魔族土地的製品之類吧。即使王國與魔族沒有建立正式邦交，民間層級就能買賣商品了。

但是今天被她們兩人發現可就糟了。

因為我的髮型與夏露夏和法露法有些接近。

如果她們發現我們三人的髮型都一樣，絕對會嘲笑我……

我在腦海中已經想像到比現實更清晰的場景。

佩克菈會說「姊姊大人也有愛惡作劇的一面呢～♪下次剪成和我一樣的髮型嘛～」然後一直糾纏我不放……

別西卜則會說「即使妳剪成和女兒們類似的髮型，小女子也不會收妳當養女哪」。絕對會。我也沒打算當她的養女。

要想辦法熬過這一關。

其實今晚別西卜也有可能突然來到高原之家……但最重要的是撐過眼前的局面。

「魔王大人，這裡什麼也沒有，趕快回去吧。」

好，快回去。現在立刻回去。不用一直加班沒關係。

「不過離姊姊大人的家相對較近呢～別西卜小姐，來都來了，回去前順道拜訪如何？」

「那還得幫兩個女兒買點伴手禮哪。」

兩人打算一起來高原之家！

好，改變作戰。

在維達梅消耗時間。如此一來，她們即使上門也會撲空。

況且她們似乎也不打算過夜，總會有辦法的。

——可是就在這時候。

在最糟糕的時機下，傳來我一直想聽到的聲音。

「哦，坐在那裡的三人真是可愛！」「是美女三姊妹耶！」「姊姊和妹妹也留相同的髮型，感情真好啊。」

船夫們聊著我們的話題。
「那位姊姊真是講究時髦呢，有城市人的感覺喔。」「不愧是州府呢。」「真是美女三姊妹啊，美如畫呢。」
雖然我很高興，但是拜託別說得那麼大聲！這樣很顯眼耶！
「哦，美女三姊妹？在哪裡，反正肯定不如小女子吧。」
「我屬於可愛系，所以贏不了美女呢～」
別西卜與佩克菈都有所反應。
哇，別看我，別看我這邊！
結果還是沒躲過。
佩克菈準確目睹到我。
大概有器官能感應到我的危機吧。
「哎呀呀～這不是姊姊大人嗎～而且還改變了造型呢～」
然後佩克菈以不讓獵物逃跑的速度衝向我們！
「真是可愛呢，姊姊大人。這樣也不錯喔。為了防止我這個妹妹發現，偷偷嘗試自己喜歡的時尚，這樣的姊姊大人好棒！」
「該說這是誤會還是什麼呢……」
「那麼我也和姊姊大人一樣剪短髮吧。要不要一起在鎮上散步呢？嗯，這樣不錯喔！下星期哪一天有空呢？」
「不要擅自決定好嗎！」
不愧是魔王，會像這樣強推事情的發展……
「哦，這不是亞梓莎和女兒們嗎，真是巧哪。話說亞梓莎妳怎麼了？瘋了嗎……？」
「我才沒有瘋！沒禮貌！哪有那麼不合適啊！」
討厭的別西卜，居然大放厥詞！
「沒啦，倒不是不合適。可是妳的情況卻像勉強自己符合外表年齡，讓人於心不忍哪。該說精神層面上沒有那麼年輕嗎……」
「不准冷靜分析！」
「妳的精神年齡很大，所以看起來才會奇怪。華麗的服裝看起來像變裝哪。」
「別平淡地一一說出傷我的言詞啦。而且法露法與夏露夏的精神年齡也很大嘛！」
為什麼穿得像邪惡女幹部的人有資格講這種話啊。
妳的打扮才花俏吧，而且還很難為情。
好啦好啦，我的內在是社畜啦。我可要當兩個女兒的母親活下去。
但是看起來，淪為犧牲品的不只我一人呢。
因為佩克菈在場。

我的判斷是正確的。

別西卜，接下來輪到妳倒楣了。

因為佩克菈的眼神大放異彩，嘴角浮現邪惡的笑容。

她的臉上已經寫著「看我好好惡作劇一番，發揮魔王的本領」。

「機會難得，也讓別西卜小姐改變形象如何？」

佩克菈一推別西卜的背。

「呀!?小女子很喜歡現在的髮型，可不打算換個新造型哪！」

「髮型維持現狀就可以囉~不過偶爾穿件有大小姐感覺的衣服也不錯呢~」

「呃，這種衣服怎麼可能適合小女子……請問，究竟要去哪裡……？」

「沒關係啦~交給我吧，統統交給我吧~♪」

別西卜就這樣被佩克菈推著，從港口走向市鎮。

雖然外表看不出來，但她可能發揮魔王本色，以相當大的力氣推吧。畢竟別西卜完全無法抵抗。

「呵呵呵，看起來很有趣，追上去看看。妳們兩人也會來吧？」

「媽媽姊姊，露出一臉奸詐的表情。」

「媽媽姊姊，表情像壞人耶~」

我可不是單純的好人喔。

還有，可以不用再強加姊姊的要素。

法露法和夏露夏都已經喊出媽媽了……

現在我已經沒什麼可以失去的。

那就仔細觀察被調戲的別西卜吧。

於是我追上佩克菈與露出大事不妙表情的別西卜。

別西卜被佩克菈拉進一看就知道是高價的服飾店。

如果佩克菈不在場，她可能會直接開溜。但既然魔王的目光炯炯有神，想跑似乎也跑不了（另外佩克菈的眼睛剛才真的在發光）。

「來來來，由我幫別西卜小姐挑幾件很有大小姐風格的衣服。到更衣室換上吧～」

「呃，魔王大人，這和工作應該沒有關係……」

「我可是魔王喔。要遵守魔王說的話。」

她正在濫用權力。不過很有趣，多濫用一點吧。

「看，法露法妹妹與夏露夏妹妹也很想看喔。」

「別西卜小姐，現在有什麼感覺呢～」

「嗯，很感興趣。」

——即使嘴上這麼說，夏露夏卻依然在看書。夏露夏啊，妳這麼喜歡手上的書嗎……

「知道了哪！小女子穿！不論任何衣服都穿！」

當著佩克菈面前應該不能說「不論任何」這種話吧。看來別西卜也豁出去了。即使明知必輸，也必須努力壓低受害至最小限度才行喔。

接下來上演別西卜時裝秀。

「來～首先是公主款的禮服！」

佩克菈擔任司儀，拉開更衣室的簾子。

別西卜身穿鑲嵌寶石的豪華禮服走出來。

「嗚嗚……好難為情……」

要說難為情的話，平時的打扮應該更羞於見人才對，應該是習慣與否的問題。

法露法與夏露夏也不約而同地讚嘆「噢噢～」。

別西卜穿這種服裝還滿好看的嘛。

「是很合身，但總覺得會謀劃讓人吃下毒蘋果之類……」

「別亂說！」

「好，那麼就麻煩換穿下一件禮服囉。接下來是以黑色為基底。相當雅致，還能穿著出席葬禮喔～」

在穿上之前，佩克菈就先說明了。

接著身穿黑色禮服的別西卜亮相。
「嗯，比剛才那一件沉穩多了哪。看起來沒那麼奇怪。」
她本人似乎覺得還ＯＫ——
「姊姊大人，請坦率發表感想。」
「很有頭目級角色的感覺呢。好像十魔眾這種強者集團的一人。」
「聽起來絲毫沒有誇獎的感覺！」
人家本來就不是在誇獎嘛，目的是調戲別西卜。
「我想想～氣氛就像十人中第七個會被擊敗的人呢～會讓對手深深陷入苦戰，但似乎會被趁虛而入而逆轉落敗喔。」
「拜託魔王大人也別以會輸為前提思考好嗎！」
下一件服裝大幅增加了佩克菈的惡作劇心態。
「這是我推薦的喔！請看！」
更衣室的簾子一拉開，只見站在裡面的——是一身偏粉紅色，帶有輕飄飄裝飾禮服的別西卜。
頭上甚至繫著像是小紅帽的頭巾。
這種強烈的時尚，讓人產生不知不覺穿梭到原宿的錯覺……
「魔王大人……這身打扮應該不適合魔族吧……」

別西卜似乎也知道不對勁，滿臉通紅。

「不會，很棒喔！我很喜歡！」

「十魔眾裡有一個人這樣也不錯喔。濃縮女孩子風格的角色，好像隨時都在舔糖果呢。」

「夠了喔，亞梓莎，妳這樣根本就不算褒獎！」

哎呀，置身事外真是輕鬆。

別西卜偶爾穿這樣來高原之家也不錯。

可是，我的想法太天真了。

不幸總是連鎖反應。

其實我根本沒資格嘲笑別人的不幸……

在我置身事外之際，不幸悄悄來到我的身邊……

「那麼接下來，換姊姊大人囉♪」

「咦？什麼意思？」

「姊姊大人難得剪了短髮，我挑了適合髮型的服裝喔！來，試穿看看吧！」

啊，原來不是隔岸觀火啊。我被火星波及了……

然後我被推進別西卜隔壁的更衣室。
無可奈何下，我換上佩克菈準備的服裝。
附帶一提，佩克菈拿給我的衣服是——
像男裝的白色西裝……好像王子的打扮……
接著和甜美蘿莉系的別西卜站在一起。
「嗯，不錯喔！兩人在一起威力倍增呢！」
「威力是什麼意思啊!?」「威力又是什麼哪！」
我和別西卜都開口抱怨。這很難受耶！究竟是什麼作品的 Cosplay 啊！
不過法露法和夏露夏特別開心。
「好帥喔！媽媽，好帥喔！」
「媽媽，散發以前沒有的威風感。」
真是怪了，評價出乎意料的高……
「別西卜小姐也很可愛喔！」
「這種服裝會引發本人平時隱藏的內心一面。」
「唔，是嗎？妳們倆真是有眼光。發現了小女子全新的一面哪。」
別西卜聽兩個女兒一捧，馬上就得意起來。
「兩人可以擺個姿勢嗎？就像王子保護公主的感覺。來～」

真的就像對 Cosplayer 提出的要求一樣。
不過看得出來，法露法與夏露夏都很期待。
身為母親，我不能辜負她們兩人。
「別西卜，來吧。」「為了女兒什麼都在所不惜。」「別亂喊女兒好嗎？」「為了可愛的女兒，什麼都在所不惜。」
她反而還多加了形容詞。
之後我和別西卜擺了幾個類似的姿勢一段時間。

- **保護公主的騎士姿勢。**
- **向公主宣示效忠的騎士姿勢。**
- **還有公主抱。**

再怎麼說都玩過頭了吧！
「沒關係啦，沒關係♪雖然讓姊姊大人公主抱也不錯，但是像這樣調戲姊姊大人也別有一番風味呢～♪」
「別露出甜美的笑容說帶有惡意的話。」
不過毫無疑問，法露法與夏露夏都露出今天最開心的表情。

「媽媽，真的，真的好帥喔！」
「具備以前沒有的好看，甚至有種憧憬的感覺。」
嗯，身為母親應該做了正確的決定。
「為了女兒的幸福，就算讓妳公主抱也可以忍耐哪。」
別西卜說的話聽得我有些不爽。
「為了女兒的幸福，我也可以忍著用公主抱抱妳啊。」
偶爾有這種機會似乎也不錯。
真的偶一為之即可。

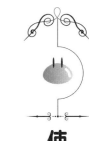

使用了生髮魔法

She continued destroy slime for 300 years

「對了，妳今後打算一直維持短髮生活嗎？」

充當佩克菈的換裝娃娃結束後，別西卜問我。

「拜託，那怎麼可能呢，不過頭髮長長得花一段時間。算是長期抗戰吧。」

因為悠芙芙媽媽幫我剪得很短。

就算我的狀態數值高，也不代表頭髮的生長速度很快。若是這樣，剪頭髮的頻率就會增加，十分麻煩。

「是嗎？那麼倒是有個適合的魔法哪。」

別西卜爽快地開口。

「穆穆．穆穆驕傲地說過，古代文明有偉大的生髮魔法。」

「古代文明真是了不起！什麼都有耶！」

我知道古代文明發達得莫名其妙，但連生髮領域都有啊。

「如果想恢復原本的髮型，只要去沙沙．沙沙王國找她即可。她應該會熱情款待妳。」

「也對。等我享受這個髮型一段時間後，再去小穆那裡看看。」

「不過啊，小女子覺得妳的髮型也不壞哪。」

別西卜仔細盯著我的臉，應該說我的頭髮。看得我有點害羞呢。

「嗯，不錯。甚至覺得清爽又可愛。」

「拜託，說這什麼話呢。太誇張了……就算誇獎我也沒有任何好處啦。」

「可以感受到法露法與夏露夏的面容，非常好。」

「……噢，原來是這個意思。」

她的價值基準似乎是接近法露法與夏露夏與否。

「當然在可愛這一點，還是比不上法露法與夏露夏。」

「別這麼多意見。還有說我女兒可愛的時候，別露出得意的表情。」

當著我這個媽媽面前，擺出自己才是媽媽的態度，這樣很奇怪。

所以我在享受短髮後，決定前往惡靈的古代王國。

◇

「原來如此。要讓頭髮再度長長呢。」

龍型態的萊卡飛在空中同時開口。
我現在騎著萊卡前往沙沙．沙沙王國。
另外羅莎莉也乘坐在後方，為了讓她與小穆見面。
「長髮的亞梓莎大人似乎的確才像原本的亞梓莎大人。最近弗拉塔村的村民似乎也感到有些困惑。」
「咦，是嗎……？我沒聽到這種意見呢。」
一般人果然不敢當著本人面前說出負面評價呢。
「像是『這樣的高原魔女大人也不錯』、『彷彿原本遠在天邊的魔女大人降臨凡間……似乎能做個朋友……再發展到超越友誼的關係……』之類。」
「聽起來有點恐怖，還是留長髮吧！」
由於印象大幅改變，有人受到影響也不足為奇……
「萊卡大姊不留長髮嗎？」
發問的羅莎莉將下半身埋在龍型態的萊卡身體裡，這樣比較穩定嗎？
「對啊，萊卡如果留長髮，應該能提升大小姐的氣氛。」
「不，吾人維持現在這樣比較安心……而且長髮會妨礙戰鬥。還在修行中的吾人如果留長髮，被人說內心鬆懈就糟了。」
還真是認真呢。雖然應該沒人會說內心鬆懈這種話。

「總之，吾人會維持這樣的髮型。不如說羅莎莉小姐的髮型會繼續維持嗎？」

「哈哈哈！大姊說這話真是開玩笑！幽靈的頭髮怎麼會長長呢！頭髮會變長的可是詛咒人偶喔！」

總覺得這不太好笑，但對羅莎莉而言似乎是笑點。

「何況惡靈是執著於過去，留在現場的靈體喔。這種靈體如果髮型和服裝會不斷改變才不合常理。會被別人當成一點執著都沒有！」

「原來是這樣。」

聽羅莎莉解釋，我也覺得有道理。

所謂靈體，是停留在特定狀態的事物。

所以羅莎莉才會一直躲在同一棟建築物。

聽起來似乎很快就會厭煩，但我也過了三百年樸實無華的生活，沒什麼資格說別人。

「不過我偶爾也透過大姊的魔法換衣服，這樣就已經非常足夠了。如果再提出奢侈的要求，可能就會轉世了呢，哈哈哈！」

原來這也是笑點啊……惡靈的生活還真是難懂。

不久後，似乎逐漸接近沙沙．沙沙王國，萊卡開始降低速度與高度。

我們來到王國中心地帶。三角形遺跡並列的風景讓人印象深刻，如果聯合國教科文組織存在的話，毫無疑問會認定為世界遺產吧。

一確認到我們，女僕長兼任大臣的娜娜．娜娜便前來。

「各位，好久不見了。這次有什麼事情呢？陛下今天依然在開發迷宮，所以還要花一些時間才能抵達——話說您的頭髮怎麼了嗎？」

娜娜．娜娜的表情沒什麼變化，但似乎的確在意我的髮型。

該不會又要說我失戀之類吧。

大家對剪頭髮的第一反應都與感情有關呢。

「哈哈哈，您使用頭髮製作了詛咒人偶吧。」

「才不是！」

「剪得如此清爽俐落，應該可以製作五具。我可以給您介紹人間國寶的詛咒人偶師。」

「不需要，我可沒預定要使用。」

但是與頭髮有關則是事實。

「我的頭髮剪得太短了。然後聽說古代文明有生髮魔法，才會前來一趟。」

「啊……陛下又得意忘形，大嘴巴說溜嘴了呢……」

哦，娜娜．娜娜小姐的表情顯得有些困擾。

「有哪裡不方便嗎？」

「生髮魔法相當於特A級機密。具體而言，別說魔法內容，連魔法的存在都不可以洩漏。」

「原來是這麼嚴格隱藏的魔法啊……」

「一旦洩漏，就會有許多人想使用。可是這魔法使用起來非常麻煩。毀滅十幾二十座小型精靈村落還容易得多。」

這個比喻也太殘酷了。

「但是已經曝光就沒辦法了。等陛下前來再向她抱怨吧。陛下真是口風不緊呢。」

即使以陛下尊稱，不過卻絲毫沒有敬意。但小穆似乎也不喜歡太死板的關係，或許這樣剛剛好。

「陛下很快就會前來。請各位暫時在屋外的桌邊座位等待，我會提供利用當地水果製作的甜點。」

那就慢慢等她來吧。

——大約三小時後。

「小穆還沒來嗎，娜娜‧娜娜小姐……」

比想像中還要晚……

「非常抱歉。陛下不聽勸阻，堅持要靠自己脫離迷宮。由於身體虛弱，所以似乎非常花時間。」

娜娜・娜娜小姐平淡地表示。

噢，因為小穆有身體，才無法立刻前來啊……

「沒辦法。亞梓莎大人，就在這裡慢慢等待吧。啊，麻煩再來一份點心。」

萊卡生性十分穩重，但她會不斷要求再來一份。

消磨了一段時間後，小穆終於前來。

「呼、呼……以自己的身體，好不容易抵達了這裡……終於成功啦……」

竟然露出達成目標的表情！還散發像是運動家的氣氛！

「到終點了……」

小穆一來到我們坐的桌邊座位，便仰面朝天倒地。

「恭喜您，陛下。不到三個小時，總計兩小時五十九分三秒。」

「太棒啦！終於打破三小時的紀錄了！」

又不是馬拉松的計時！

「不過要努力的路還很漫長……必須考慮姿勢，避免浪費時間……下次必須打破兩小時四十五分的紀錄才行……」

在考慮姿勢之前應該先老實地鍛鍊體力吧。

如果正常地走路，應該用不到十五分鐘。

「陛下，很抱歉，今天的目的並非強化陛下的身體。請聽聽高原之家這幾位來賓的要求。」

「噢，原來是這樣……人家會滿足他們的需求。其實莫宰羊。」

語尾雖然加了句其實莫宰羊，但我充耳不聞。

「就是啊，如妳所見，我的頭髮剪太短了。妳有生髮魔法吧？我想用這種魔法讓頭髮再度長長。」

「生髮魔法……？慘了，與佩克菈玩國王遊戲時說溜了嘴……」

國王不要彼此玩國王遊戲好嗎？

「陛下，請不要口無遮攔地洩漏特A級機密的情報。」

「是人家錯了嘛。可是人家也叮囑過『絕對、絕對別告訴任何人』耶。」

這句話等於絕對、絕對會說出去啦。

「生髮魔法嗎，要說有倒是有。」

嗯，這反應意思是有難度嗎？

「這個國家只有死人啊。所以初始值是設定給死人用的。要讓活人的頭髮變長則需要調整。」

死人專用的技術，聽起來好超現實。

不過這時候，我想到一個好主意。

「那麼幽靈羅莎莉的頭髮也能長長嗎？」

「小意思，輕而易舉啦。」

連小穆都這樣告訴我。

「羅莎莉，難得前來，要不要試試看讓頭髮變長？這種機會不常有喔。」

「可以啊。反正要調整成活人專用，最好在已經死掉的人身上反覆嘗試。來吧，來吧，最好嘗試看看。」

哦，那就好辦了！

「咦，咦，咦？我嗎？」

羅莎莉指著自己的臉，眼睛眨個不停，但似乎並未抗拒。畢竟大家都想變時髦嘛。

「好，那就移動到有魔法鎮的遺跡吧！」

小穆說。

而且依然躺在地上。

「陛下，能依靠自己的力量站起來嗎？」

「那當然！哼～！唔……肌肉拉傷了……左腳肌肉拉傷……右膝蓋也受傷了……」

靠她自己行走所花的時間長到讓人崩潰，所以由我背她。

有魔法陣的遺跡位於相當隱密的地方。

◇

一樓幾乎只有入口，不過有通往地下室的階梯，底下則是一片相當寬廣的空間。

「特A級魔法會像這樣藏起來，不輕易示人。因為這種魔法的存在一旦曝光，就準沒好事哪。」

「既然已經連我們家人都知道了，這樣可以嗎？」

「既然已經曝光就沒辦法啦……來，羅莎莉，進入中央。」

房間中央描繪著相當獨特的魔法陣。

與現代人類的魔法，以及魔族的魔法系統都不一樣。

「好、好吧……那就進去囉……」

羅莎莉戰戰兢兢地飄浮在魔法陣的正中央。

「好，接下來就交給生髮魔法的技術人員們吧。」

「遵命，已經安排完畢。」

接著幽靈們在魔法陣前方的桌子旁列隊。

桌子上排列著一長串石板。似乎是以這些石板啟動。

不過，若說哪一點值得吐槽——

就是所有幽靈技術人員，全都是頂上無毛的男性……

「我是負責此特A級魔法的技術負責人單・單。惡靈可以迅速長出濃密的頭髮喔。」

其中一名技術人員開口。

可是他的腦袋光溜溜的，一點說服力都沒有！

「先鄭重聲明，我們對自己的頭髮沒什麼興趣。正因如此，才能客觀地持續研究這項魔法。」

彷彿可以接受，又似乎有矛盾，還真是複雜耶……

「單・單，不用再廢話了，讓羅莎莉的頭髮長長吧。」

小穆本來就很沒耐性。可是她卻讓我們等待了三個小時，還真是任性耶。

「是的，遵命。各位，開始吧！」

光頭男們（雖然是幽靈，不過我嫌麻煩，所以都以人稱呼）開始操縱石板。遠遠望過去，完全就像是電腦作業。

他的眼神十分認真。肯定是相當高難度的魔法。

「解鎖！」「啟動系統！」「魔法陣正常運作！」

相關人員回應。

不久後，魔法陣開始發光。

單・單先生大喊：「好，生髮魔法開始！」
於是羅莎莉的頭髮一點一點地變長。
「哦、哦……頭髮長到脖子了耶！」
羅莎莉似乎也清楚感受到變化。
可能由於是首次經驗，表情混合了一半期待與一半不安。
頭髮進一步長長，達到長髮的程度。
太棒了！大成功耶！
——可是接下來就出了問題。
羅莎莉的頭髮完全沒有停止生長，不斷長得愈來愈長！
「哇！瀏海遮住視野啦！」
「哇啊！變得好像惡靈一樣喔！」
有這種瀏海完全遮住臉的惡靈吧……
而且不只是瀏海。其他頭髮也不斷變長，眼看羅莎莉逐漸被頭髮埋住！
娜娜・娜娜小姐靜靜地表示：「看來失敗了呢。」
雖然說得很事不關己，不過這種時候也需要冷靜的人。
「搞什麼鬼啊！大笨蛋！還不趕快復原！」
「不好意思！生髮的強度設定失敗了！」

單・單先生賠罪。

「因為自己已經剃光了頭髮，所以搞不清楚強弱了……」

那麼從人選部分就已經失敗了嘛！果然技術人員當中需要有頭髮的人！

從結果而言，羅莎莉的頭髮長到離譜，完全變成了惡靈的模樣。

「即使幽靈不會感覺到重量，但是長出來就覺得好沉重……長髮也很不方便……」

「機會難得，要不要以這個模樣嚇嚇各地的人類？」

娜娜・娜娜小姐完全隔岸觀火呢……

「你們幾個，趕快讓她恢復原狀。這樣很像惡靈耶。這個模樣要是走在鎮上，會嚇死人的！」

的確是惡靈沒錯，但如果讓她以這種狀態在高原之家生活，我們也會害怕。

問題是在眾人當中，混了個特別喜歡惡作劇的人。

娜娜・娜娜小姐牽著羅莎莉的手。

「這種時候就該大玩特玩一番。來，我們到外面去吧。」

啊，她想帶羅莎莉出去！

「拜託！這種惡作劇不太好吧——」

可是娜娜・娜娜小姐已經穿過建築物，直接前往地表。

「哇咧！幽靈才辦得到這種密技耶！」

「她想看看國民會有什麼反應……個性真是惡劣呢，簡直就是惡靈嘛。」
小穆應該在等待我吐槽，但我才不理她。
「欸，小穆，妳可是國王，別讓大臣胡作非為嘛。」
「娜娜・娜娜的確是大臣沒錯，但是她在心中覺得自己比較偉大。所以碰到這種時候，人家說什麼都沒用。」
「身為國王這樣真的好嗎？」
「不過平易近人的國王比較好啊。人家想當個在市場的半價限時大拍賣中搶配菜的國王嘛。」
「這也太沒格調了。」
而且我覺得，這種個性只是想搶便宜吧。
「妳猜人家多少錢買到這個？三百五十基丹？錯了，其實人家想說的是一百五十基丹。」
好像炫耀自己便宜買到的大阪人。
「亞梓莎大人，不能丟下羅莎莉小姐不管，我們上樓回到地表吧。」
其中最正經的萊卡提議。
「也對。雖然不是很嚴重的問題，但是不能置之不理。」
我們走上漫長的階梯，來到地表。

馬上聽到尖叫聲從各地傳來。

「嗚哇！是惡靈！」「救命啊！」「看到了就會死掉！」「以前以為自己也是惡靈，結果真正的出現啦！」

鬧得還真大……

「從那邊傳來很大的尖叫聲！走吧！」

與萊卡一起前往聲音的方向後，見到頭髮長得太長、遮住臉的羅莎莉在該處徘徊。

「唔~看不見前面耶！」

娜娜・娜娜小姐從後頭推羅莎莉。

「來，這次前往那片墓園吧。還有許多民眾尚未被嚇到。」

「什麼啊，只不過頭髮長長而已，大家也驚嚇過度了吧……」

另外在我眼中的感想，羅莎莉看起來非常可怕。

想不到光是頭髮就能改變這麼多氛圍……

之後依然有許多惡靈見到羅莎莉，然後發出尖叫。

「感覺好像比我還害怕。」

「可能是因為惡靈見到惡靈會很糟糕，所以才特別缺乏抵抗能力吧。」

原來如此。惡靈畢竟沒見過（除了自己與夥伴以外的）惡靈嗎？

不對，等等。

這不就代表靈體也會害怕靈體嗎？和我一樣嘛。

以前我會害怕鬼或幽靈，但現在我產生了些許親近感。

——大約十分鐘後。

「已經玩膩了，可以了吧。」

娜娜・娜娜小姐不再推羅莎莉，惡靈騷動到此結束。

◇

之後又將羅莎莉從長得過頭，像惡靈一樣的頭髮恢復成適度的長髮。

連長長的頭髮都能復原，比單純的「生髮」更方便。

「嗯！長髮羅莎莉也很可愛喔！」

「吾人也覺得既迷人又好看。」

但是本人似乎不太歡迎。

「總覺得不對勁耶，我還是覺得原本的髮型比較好。感覺又長又礙事，還會像剛才一樣遮住眼睛……」

其實這都是習慣成自然，對於一直留短髮的人而言，大概不適合留長髮。

羅莎莉的頭髮復原了。機會難得，還想讓其他家人看看，但是在高原之家無法修剪羅莎莉的頭髮。沒辦法。

接著依照順序，本來應該輪到我——

「機會難得，萊卡要不要也留一次長髮？」

「亞梓莎大人，您說這什麼話呢！」

萊卡顯得特別吃驚。她似乎完全沒料到會輪到自己。可別怪別人說妳粗心大意喔。

「因為我也想看一次萊卡留長髮的模樣啊。有什麼關係，反正長長的頭髮似乎也可以復原。」

身為師傅，就稍微嘗試提出任性的要求吧。

「唔……既然亞梓莎大人都這麼說了……」

萊卡也屈服，同意進入調整頭髮的魔法陣。

技術人員也比剛才更加認真許多。

小穆手扠胸前在一旁監視，他們可能心裡也十分緊張。

「各位，可不能失敗啊。」「活人的身體我們也會搞定的！」「賭上我們的尊嚴！」

「調整到不會太濃密的髮量！」

可是為什麼說這些話的人，全都頭頂光溜溜的啊。

「給人家聽好，這次再失敗的話，人家就讓你們也長出頭髮，變成奇怪的髮型！讓你們頂著非常退流行又老土的髮型喔！」

連威脅都與頭髮有關啊。

雖然這樣形容不太好，不過羅莎莉已經當過白老鼠，應該不會再搞砸了吧。

另一方面，在魔法陣中的萊卡也十分緊繃。坐立不安是當然的。

「十分完美！」「我這邊也是！」「隨時聽候發令！」「好，開始！」

魔法陣再度發光。

看看這次的結果如何？要成功喔！

不像剛才羅莎莉那麼誇張，不過萊卡的頭髮開始逐漸長長。

然後停在接近長髮的程度。絕佳的長度呢。

髮質也很有光澤，看起來不像單純長長而已。

大小姐的氣氛好強烈！

「這個，亞梓莎大人，究竟如何呢……？」

萊卡以右手把玩自己變長的秀髮，同時詢問。

我則忍不住摀起嘴。

「嗯，萊卡……真的，好可愛……實在太可愛，快承受不住了。」

拜託，這根本就不是龍族，而是天使吧。散發的不只是上流階級，而是天界的氣氛。破壞力超強的！

「稱呼這麼可愛的女孩為徒弟真是不敢當！不如說讓我當妳的徒弟吧！」

「亞梓莎大人，拜託別太誇獎吾人……聽起來好難為情……」

沒辦法，連感到害羞的萊卡都實在好可愛。

現在的萊卡不論露出任何表情，破壞力都大幅增加。簡直堪比破壞神。

「真是不得了，比陛下更有陛下的模樣呢。」

「對呀，比人家強多了——喂，很沒禮貌喔，娜娜·娜娜！」

這對主僕精準地順勢吐槽呢。有可能因為她懂得順勢吐槽，才會受命當上大臣。因為小穆不信任不敢拿她開玩笑的人。

話雖如此，萊卡的可愛似乎也能讓靈體感受到。

光頭技術人員們也讚不絕口「好可愛！」「快要升天啦！」

但是可別升天喔！不然好像是我害死他們的！

羅莎莉不知為何轉過頭去。

「大姊太耀眼啦！看起來好燦爛！身為靈體的我無法直視！」

已經不只是龍族，變成接近神明的存在了。

「各、各位，拜託不要再鬧了！對、對吾人的玩笑開得太過火了……」

理所當然，萊卡面紅耳赤。這是正常的反應。

不過呢，並非所有人都在開玩笑。

「真的太驚人了，萊卡。說不定妳是世界上最可愛的美少女……」

「亞梓莎大人，別再誇讚吾人了！」

之後萊卡恢復成原本的髮型。

即使很可惜，但讓她維持長髮在高原之家生活，可能會因為太可愛而成為麻煩的源頭。其實這也無可奈何……如果出現跟蹤狂也很傷腦筋。

還有，我的頭髮也順利恢復成原本的長度。

「嗯，我的髮型果然這樣剛剛好。也很適合帽子。」

改頭換面也不錯，但維持標準造型也很重要。

「亞梓莎大人這樣最好看喔。」

萊卡也露出穩重的微笑，接受恢復成「本色」的我。

「對啊，我也有相同意見。」

比起以前受到他人愛戴，獨自生活的自己，我覺得更喜歡自己了呢。

「不過好想再看一看長髮萊卡呢。」

「拜託別再說這種話了！」

堪比女神的萊卡，就在我的腦海中留下清楚的記憶吧。

參加肉食大會

She continued destroy slime for 300 years

「呼啊～～啊～～」

「芙拉托緹，這樣很難看喔。打呵欠就算了，拜託至少以手摀住嘴。」

吃早餐時，萊卡責備打了個大呵欠的芙拉托緹。

她的呵欠的確大到讓人擔心她會下巴脫臼。

「胡說什麼，呵欠是自然而然發出的好嗎？換句話說，這不是我芙拉托緹的錯。應該讓我打呵欠直到過癮才對。」

只要被萊卡指責，芙拉托緹幾乎都會反駁，不過這種意見真的很符合她的本性。

「但還是要注重禮貌吧。妳的禮貌太糟糕了。」

「又不是打呵欠噴出寒冷吐息，哪會對妳造成麻煩。要是在意這些細節，會活得很辛苦耶。日子過得豁達一點才好，這才是和平的基礎！」

萊卡瞄了我一眼。

她的表情顯示「亞梓莎大人您怎麼看？」

「這個……我倒不會那麼在意……這樣還在容許範圍之內。不如說，萊卡偶爾放鬆一點其實也不錯。」

「吾人認為這種散漫的方式會累積更多壓力，進而弄壞身體……」

聽得萊卡嘆了一口氣。

「原來如此，要求原本認真的人突然鬆懈，反而很過分呢。」

等於強迫對方改變平時的作風。

「而且從芙拉托緹的口中說出和平這兩個字也很怪。藍龍不是一天到晚都在打架嗎。」

「可能有道理……」

我去藍龍聚落時，也有一堆藍龍不停找我較量。

——這時候，芙拉托緹的神色有異。

她的手有些顫抖。

臉色似乎也有些發青。

「唔唔唔……糟、糟糕了……」

「怎麼了？突然生病？得去看醫生才行？」

很難想像龍族生病的模樣，但總會感到身體不舒服吧。芙拉托緹有可能亂撿東西吃……

「是、是因為和平的關係……」

什麼意思？

「最近實在太和平了，身體才會不斷渴求鬥爭……」

對鬥爭的渴望竟然出現類似脫癮的症狀！

「主人，我想較勁……想去弗拉塔村，與村民輪流比拚力量……」

「不行，不行！村民會統統死翹翹的！」

「另外不用親自下場也沒關係。看別人互相戰鬥也可以，我想看某些熾熱的事物。」

「就算說熾熱我也沒轍啊……」

這個詞不適合這麼悠哉的地方。

就在此時，傳來咚咚的敲門聲。

開門一瞧，是負責送信的飛龍。

既然是飛龍，代表與魔族有關。

「您是高原魔女亞梓莎小姐吧。這是別西卜大人寄給您的。」

我從飛龍手中接過信，當場迅速拆封。

首先見到的是一張傳單。

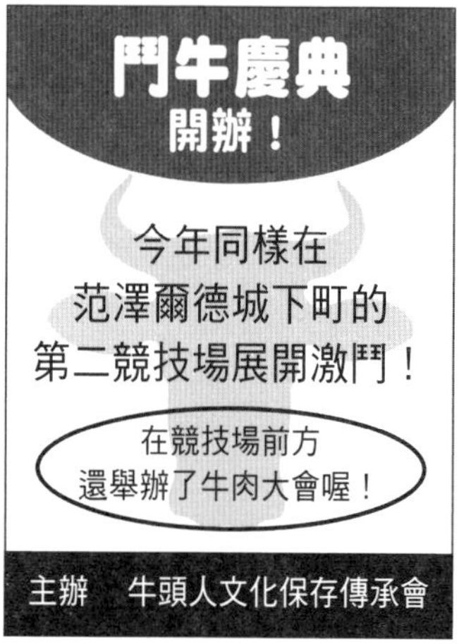
鬥牛慶典
開辦！
今年同樣在
范澤爾德城下町的
第二競技場展開激鬥！
在競技場前方
還舉辦了牛肉大會喔！
主辦　牛頭人文化保存傳承會

「鬥牛慶典……？話說牛頭人就是臉部為牛的魔族吧。」

另一張則是別西卜寄來的信。

上頭寫著這次要舉辦鬥牛慶典，有空就來參加。

「飛龍先生，等我一分鐘就好。」

我掏出筆記用紙，迅速寫了幾個字。

「致別西卜　明白」

「請將這個交給農業大臣。送到農務省也可以。」

飛龍接過信紙後，隨即飛離。

雖然沒付郵資，但應該會由別西卜那邊信到付款吧。

不過邀請的時機或許堪稱完美。

我站在芙拉托緹面前，讓她看傳單。

「芙拉托緹，有個似乎十分熱血沸騰的活動喔。好像還可以吃到肉，妳看，就是這個！」

「太棒啦！這樣就可以發洩了！」

芙拉托緹手裡緊握刀叉，猛然站起身。就像勝利宣言一樣。

「芙拉托緹，這樣很難看喔！」

萊卡再度表達不滿。

萊卡應該也能享受這場活動，就讓她忍耐吧……

餐飲看來也十分充實。

不過我再度看了看傳單，發現能吐槽的地方還真多。

鬥牛是牛頭人的文化啊？

還有牛頭人招待牛肉料理合理嗎？該不會是同類相殘吧……？

呃，大魚吃小魚是自然界常理，大鳥也會毫不留情吃小鳥，大概是相同的道理。

人類不明白這方面的價值觀，既然牛頭人ＯＫ就ＯＫ吧。

去的時候問問看別西卜，反正她應該會負責帶領我們。

之後別西卜再度聯絡我們，然後安排利維坦型態的法托菈來載我們參加活動。

意思是可以享受瓦妮雅的手藝嗎？瓦妮雅的手藝堪稱極品，這也是旅行的樂趣之一。

不過，活動前一天的晚上六點左右——

已經夜幕低垂的天空變得更暗，不久法托菈與瓦妮雅來到家裡。

應該是其中一人化為利維坦，但怎麼早了一天前來？

「不好意思，為了避免遲到，結果比預定時間提早許多抵達。可以讓我們住一晚嗎？」

法托菈禮貌地低頭致意。

「看，就說不用那麼急著出門嘛～姊姊實在太講究準時了啦～」

瓦妮雅難得一臉愕然。

這對姊妹也是認真與散漫的兩個極端呢……

「沒關係，歡迎過夜……」

機會難得，我詢問法托菈與瓦妮雅這對利維坦姊妹關於鬥牛慶典，以及牛頭人的知識。

「牛頭人認為吃牛肉OK嗎？」

與精靈和矮人不一樣，原則上牛頭人不會居住在人類社會中，所以不太了解其文化。

「牛頭人的家常菜就是牛肉喔。」

廚藝高超的瓦妮雅告訴我。

「原來是這樣……難道不會覺得同類相殘嗎？」

我個人最在意的是這一點。

「嗯~好像偶爾也有牛頭人抗拒，但聽說這些牛頭人將牛當成寵物飼養。而且會讓寵物牛參加鬥牛比賽。」

「聽起來好怪……」

「據說西方的牛頭人傾向大口吃肉，東方的牛頭人則大多當寵物養。」

原來如此，若當成不同地區的文化，肉食大會與鬥牛也可以兩全。

「念書的時候在課堂上聽過，目前還不清楚牛頭人和牛在種類上是否相近。可能只是單純相似而已。」

法托菈補充學術方面的知識。

「總覺得並非毫無關聯卻相貌相似……不過考慮到究竟如何形成這個種族，的確充滿謎團……」

奇幻世界的生物究竟是怎麼進化的呢？

在地球上，最先出現牛頭人的應該是希臘神話。不過東洋應該也有介於牛與人之間的生物。

詳情我不清楚，地獄好像有牛頭的獄卒，名稱一如長相叫做牛頭。

反正都不是這個世界的事情，想調查也無從著手。

「媽媽，連這本魔族百科全書都記載，關於牛頭人的詳情依然不明。目前似乎尚未達成結論。」

夏露夏捧著厚重的書本前來。

「是嗎？原來夏露夏也有魔族的相關書籍呢。」

「是別西卜小姐送給夏露夏的，一直小心翼翼地閱讀。」

別西卜對女兒的教育也有貢獻，原來她不是只會溺愛女兒的阿姨啊。

「亞梓莎小姐，雖說是牛頭人，但他們是很普通的人喔。您可以不用鑽牛角尖，單純享受活動即可。」

「姊姊說得沒錯。況且這次好像也是上司想找個叫大家來的藉口而已。」

利維坦姊妹在這一點的意見一致。

之前的活動也並不嚴肅，就帶著觀光的心情參加吧。

不過，家裡有人倒是幹勁十足。

「鬥牛！我早就想親眼見識了！就讓我好好欣賞牛角之間的相互碰撞吧！」

芙拉托緹興奮得就像遠足前一天的小學生一樣。

既然她早已對和平感到厭煩，可以說剛剛好呢。參觀鬥牛不論看多久，芙拉托緹也不會受傷，是十分安全的活動。

「芙拉托緹小姐，最好不要過度期待。看在龍族的眼裡，會覺得牛隻彼此的對決其實不過爾爾。騙騙小孩子的。」

法托菈似乎感覺不妥，試圖降低期待……

相較於龍族的力量較勁，規模的確應該小得多。

「不用擔心！小動物有小動物自己的熾熱戰鬥！只要能享受這一點就滿足了！」

原來牛對龍族而言是小動物啊……

畢竟利維坦這種超巨大動物就在眼前，說得過去就ＯＫ吧。

◇

隔天，我們全家乘坐法托菈，朝范澤爾德城下町出發。

已經很習慣搭乘利維坦了。

法托菈在靠近城下町的利維坦起降場——俗稱「機場」降落後，見到別西卜早已等待多時。

「來得好哪。想到妳們沒有見過牛頭人的鬥牛慶典，才決定找妳們來。」

「謝啦，別西卜。因為有家人精神百倍，妳的邀約來得正好。」

芙拉托緹宛如自己要戰鬥一樣，一直在練習揮拳與踢腿。

似乎是以這種方式發洩鬥爭心。

理論上她年紀比我大，但我在芙拉托緹身上絲毫感受不到姊姊的氣質。她應該也完全沒意識到自己是長者。

「究竟有什麼樣的牛出場，我很在意呢。還是漆黑的牛比較強吧～！不，紅褐色的牛比較凶暴嗎～？不對，該不會出人意表，有純白的牛參賽？」

「拜託……區區鬥牛而已，她也未免太興奮了吧……」

似乎連別西卜也不理解芙拉托緹的興致。話說用「區區鬥牛」這種詞形容鬥牛未免太過分了吧。難道對魔族而言，牛的鬥爭真的只能算是餘興節目嗎？

「上司，我們也說過其實沒什麼大不了，但是芙拉托緹小姐完全聽不進去……」

「別西卜大人，她一聽到鬥牛這兩個字，似乎就天馬行空地腦補了呢。」

兩名利維坦解釋錯不在自己。

話說回來，所有魔族居然強調鬥牛規模很小，到底是怎麼回事啊。我開始同情被迫參賽的牛了。

「算了，無妨。鬥牛慶典之前會舉辦肉食大會。在會場上吃點東西吧。」

然後我們前往競技場會場。

在競技場前方有大量攤販林立。

有牛排或串烤，可以說任何牛肉料理都到齊了。

「哦！好棒啊！連食慾都讓我熱血沸騰耶！」

「吾人也很高興呢！」

我們家的兩位龍女孩都十分興奮。

「萊卡，我從左邊開始買，所以妳從右邊開始。」

「知道了。手上可別拿太多而掉落喔。」

兩人分別從兩側在一間間攤販排隊，開始購買料理。

她們只有這種時候才會合作啊……

「看來連選都不用選，她們要稱霸所有攤販呢。」

不過在美食大會上拚命的人，應該會選擇這種購買方式吧。

「亞梓莎，妳也可以買自己想吃的東西哪。」

別西卜敦促我。今天我們完全是來賓。

「也對，那麼機會難得，我就嘗嘗牛排吧。」

我前往攤販點餐後，端上桌的是相當壯觀的牛排。

問題在於，這塊牛排少說有五百公克左右……

「這麼大塊吃不完……應該說這種美食大會上，每個攤位的餐點分量不是應該少一點，方便邊走邊吃嗎……？」

「拜託，這點分量根本小意思吧。妳的身體不舒服嗎？」

別西卜直截了當地問我。我太小看魔族的標準了。

「大家可以幫忙分一點嗎？」

於是我決定與法露法她們一起吃。

「嗯，謝謝媽媽！法露法最喜歡牛排了！不論有多少都吃得下！」

「肉很棒，能讓頭腦變得靈活。以前的賢者也說過，『有肉堪吃直須吃』。」

那真的是賢者嗎？

「法露法，夏露夏，不用小口小口分著吃，想吃多少小女子都買給妳們！要吃哪一道儘管點！」

「這樣絕對吃不完，別西卜妳不用雞婆啦！」

我正在想辦法統統吃完，拜託別做這種以為工作搞定之際卻又接到工作的行為。

「萬一吃不完，丟掉不就得了。別管三七二十一也是慶典的樂趣哪。」

「聽起來似乎有理，但我要教女兒不浪費的精神，所以免了。這也是教育的一環。」

無論如何，這樣就有辦法解決肉類料理了。

雖然兩個女兒不是大胃王，但她們應該會開心地幫忙吃肉。

我原本對沒辦法吃東西的桑朵菈感到過意不去，

「哼，吃草的牛命中註定成為人和魔族的盤中飧。活該。」

但她卻露出打倒仇人般的霸氣笑容，似乎沒什麼問題。在她的眼中，所有草食動物都是敵人嗎？

「對了，哈爾卡拉也要吃牛排嗎？」

「師傅大人……可以幫忙吃嗎……」

哈爾卡拉捧著一盤堆積如山，多到快遮住自己臉的串烤。

「拜託，哈爾卡拉！妳這樣也太不知節制了吧！」

「不是的！我也沒想過靠自己全部吃光！」

雖然哈爾卡拉辯解，但是串烤遮住了她的臉，看起來好像串烤在說話。

「賣這些串烤的攤販啊，是以抽籤決定顧客能吃幾支的。沒中就是一支，四等獎兩支，依此類推……」

在日本也有這種設計呢。雖然絕大多數都是沒中，只能吃一支。

「結果我抽到了特獎。」

「運氣怎麼這麼好啊！」

「不過想不到中了一百支……」

「多得太誇張了吧！」

難怪她會被串烤埋住。

「抽中的瞬間我很高興。可是看到攤販端出盤子，我才發現事情的嚴重性。這麼多該怎麼吃完呢？而且每一支串烤的肉都好大塊……」

「果然是魔族尺寸嗎……我知道了，坐在空位上吃吧……」

設立在攤販附近的臨時帳篷底下，排列著許多桌子。

意思是讓訪客在這裡享用。完全就是肉食大會。

「呼～！真是香辣耶！很適合配酒喔！即使精靈是素食主義者，也會對適合下酒的肉類料理另眼相待！」

吃著串烤的哈爾卡拉，同時豪邁暢飲。

「呃，我先提醒一下……觀賞鬥牛前可別喝得爛醉喔？」

「哪有，慶典就是要喝醉才熱鬧啊。看來非醉不可囉～」

原來她有自知之明還打算喝醉喔！

「哈爾卡拉喝得趴倒是無妨，但是我們看情況會丟下妳喔。」

「呵，爛醉如泥也是一種樂趣啊。」

即使她說出大話，但如果直接喝到掛，有可能連自己說過什麼都不記得。

另外法露法與夏露夏從剛才就一語不發，是因為正專心吃著肉。

「哈呼、哈呼……」「嚼嚼嚼……」

有這麼好吃啊。彷彿平常在家裡沒讓她們吃過好東西……

而龍族二人組似乎好不容易兵分兩路，在所有攤販點完兩人份的餐點，坐在空位狼吞虎嚥。又不是大胃王比賽。

羅莎莉也待在兩人身旁。由於她完全無法吃東西，可能在觀察龍族生態之類吧。

「肉食大會的來賓還不少，鬆了口氣哪。」

別西卜吃著像烤肉的餐點還配牛奶。我覺得這種搭配很怪，但兩者都來自牛的身上，應該無妨。攤販也有賣牛奶。

利維坦姊妹同樣在一旁不停吃肉。

法托菈看起來胃口小，實際上一點也不小。魔族的食慾真可怕。

「別西卜會邀請我們，是因為農務省參與協辦呢。」

招牌上寫著協辦組織一覽表，其中也有農務省的名稱。

鬥牛的確屬於農林水產業。

「嗯，這也是原因之一。原本只有鬥牛而已，但是來賓數年年滑落。所以農務省才加入，加上了肉食大會這項活動哪。」
「原來鬥牛不受歡迎啊……聽起來很粗獷，應該很熱鬧才對啊……」
話雖如此，其實多的是看似能吸引遊客，結果遊客卻愈來愈稀少的活動。鬥牛多半也是運氣不好。
「反正原本就是走下坡的活動，就算我們出馬幫忙也不用扛起太多責任，這一點倒是很感激。可以嘗試各種方法。」
擦著嘴角的法托菈表示。
「還真是嘴上不留情呢……但我明白妳的心情。」
「也因為傳統的原因，要改變鬥牛這項活動十分困難呢～所以才決定加上吃肉的活動。我們囊括了許多牛頭人經營的知名肉鋪，我的眼光果然是正確的。」
瓦妮雅得意地挺起胸膛。在飲食這方面，瓦妮雅的實力可是貨真價實。
「看在第一次見識的我眼中，覺得相當順利喔。農務省做得很好。」
我以笑容慰勞農務省的員工。
三人也露出喜不自勝的表情。
但是也有不順利的地方。
哈爾卡拉吃串烤的手已經停了下來。
「肚子突然告訴我『已經不行了，別再吃啦』……」

我才不管！

「因為一直不停地吃，飽足感才會來得較慢。想不到竟然事先布下這種陷阱……嗚噗……」

「別搬出陰謀論，哈爾卡拉妳完全就是自找的。」

變得像是大胃王比賽中停下動作的人。明明身為配藥師，為什麼不愛惜自己的身體呢。但是印象中有不少醫生身體不健康，也不是不能體會。

「反正還有時間，就好好疼愛這些牛吧。呵呵呵，草食動物照樣得面臨被吃掉的命運。」

與其說今天的桑朵菈心情好，其實有點S呢。她這麼討厭牛嗎？

哈爾卡拉的話題先到此為止——

「再度見到許多牛頭人後，發現種類真是不少呢。」

有不少牛頭人在會場內晃來晃去。

有些牛頭人是我以前住在日本的時候，在神話或奇幻故事的插圖中見過，整張臉都是牛。但也有牛頭人長了牛角和牛尾，臉卻與人類幾乎無異。

另外也有牛頭人介於兩者之間。

「因為有些魔族依照種族分別群居，也有各種種族在鎮上混居哪。導致有些魔族的牛頭人特徵變得不顯眼，當然也有反例。」

「這麼一想，魔族還真是相當多民族的國家呢……真虧都能和平相處。」

知道地球上為了民族打得頭破血流的我，感到有些難為情。

但是瓦妮雅搖了搖頭。

然後法托菈吞下嘴裡的肉，接著開口。

「完全沒這回事，以前就爆發過多起爭端。即使到了當今魔王大人這一代也依然故我。」

「咱們也吃了相當多的苦頭哪。不論任何國家都有大大小小的糾紛哪。連農務省內部都曾經有不少問題……」

「啊，原來是這樣……雖然感受不到這種氣氛呢……」

別西卜露出感慨良多的視線，似乎深深想起某些回憶。

「哎，不知道為了瓦妮雅而向人低頭道歉過多少次哪……」

「討厭啦！上司！現在怎麼可以說這些呢！」

原來是瓦妮雅的問題喔！

「出大包十二次，加上小麻煩則有五十三次。」

「姊姊妳也別冷靜地數啦！哪有這麼多次啊！我個人印象中只闖過八次大禍啦！」

雖然覺得這樣也夠多了，但是對職業生涯漫長的魔族而言也許不算多。誰曉得。

這時候萊卡、芙拉托緹與羅莎莉回來了。

兩人的肌膚都特別有光澤。

「全部吃光了！哎呀，果然吃肉就會產生活力呢。今後每一天的修行又可以繼續努力啦。」

「每間店都具備美味，快速與便宜三項優點，實在太棒了！沒有一間是地雷！」

「因為是攤販，理所當然啊，芙拉托緹。」

「不不不，也有很多店家並非如此喔。可以說牛頭人們都十分努力呢！」

羅莎莉小聲與我交頭接耳。

「大姊，兩位龍族女孩好像稍微拉近了關係呢。」

是肉連結了兩人啊……

以前當社畜的時候，聽過以酒會友這個詞，這種情況下應該說以肉會友。龍族彼此依靠肉來交流。

畢竟沒有多少人能稱霸肉食大會的攤位，兩人一起逛的話，藉以培養友情也不足為奇。

「以前的賢者說過，『想要交朋友，就吃火鍋』。」

今天夏露夏說的賢者名言，整體而言好俗氣。

「媽媽，鬥牛差不多要開始了喔～」

法露法盯著人潮並且提醒我。

她說得沒錯。人群逐漸朝競技場移動。

「牛伯伯彼此碰碰呢！法露法好期待～！」

這個世界應該沒有溫柔到只有碰碰這麼簡單，但是法露法用的詞好可愛。鬥牛以後乾脆改名叫牛伯伯碰碰算了。

「那是走進自由席的觀眾吧。咱們坐指定席，所以沒必要急。」

「真是ＶＩＰ級的待遇呢。既然已經享受過肉食大會，那就走吧。拖到快沒時間而焦急也不好。」

凡事都要盡可能維持時間充裕。

如果反覆過著急迫的生活，總有一天會突然死翹翹……

「那就進場吧。雖然個人覺得等後半場開始再進入也無妨。」

「對呀。如果抱持過度期待，一旦發現名不副實，會感到很可惜。鬥牛可以當成肉食大會的餘興節目即可。」

別西卜和法托菈對鬥牛有什麼深仇大恨嗎……

「畢竟是區區鬥牛啊。實在太無聊就睡覺吧，反正座位的陽光很不錯。」

連瓦妮雅都跟著補刀。

聽著魔族三人組對鬥牛毫不留情的批評，我們跟著開始移動。

另外，哈爾卡拉依然無法攻略完整座串烤山。

「呃……請各位帶這些去，大家一點一點分享吧……」

串烤本身很美味，那我就一點一點享用吧。

見到哈爾卡拉的一百支串烤絲毫沒有減少，再度體會到凡事過猶不及。

最壞的情況下，萊卡與芙拉托緹應該能順利幫忙吃光吧。

欣賞了鬥牛

競技場的指定席位於可以清楚看見中央擂臺的場所。

「哎呀，真是興奮呢！牛兒們，可要打得鮮血四濺喔！」

芙拉托緹說出很可怕的話。

不過在地球上，以前的鬥牛好像就是要看到濺血。內容相當硬核，有牛因此死亡也不足為奇。鬥牛士應該也會殺死牛吧……

「各位，這是賽程表。已經翻譯成人類的語言了。」

法托菈將紙張分發給大家。

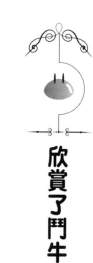

裁判　第三代勝能

東	西
牛大山	牛勝利
赤猛牛	大雄牛
真牛	牛自豪
牛神	頂上牛
怪力牛	特別牛

換裁判　第八代治義毛利森

牛光	特牛

犇	牛前進
牛榮道	牛風
牛鳳凰	牛龍

「原來是大相撲喔！」

賽程表長得沒完沒了，比賽的數量真的好多。

「相撲？噢，是指自由式的摔角吧。鬥牛的確就是自由式的摔角呢。」

法托菈聽得懂相撲這個詞。

姑且不論這件事，這真的不是相撲嗎？連牛的名字也好像力士的名號。

「所以才說，等到比賽中途再入場就好啦。初期登場的全都是小角色哪。頂多看排名前二十的就夠了。」
以相撲而言的話，差不多是幕內的比賽場次……
「上司，我倒是認為應該從排名前四十開始看。」
瓦妮雅在這一點似乎與別西卜意見相左。
不過多加二十名，大約是十兩上場儀式之後的場次。真的愈來愈像大相撲了。
「由我負責向非魔族的各位說明。等級從高到低大致上分為金級、銀級、銅級、青銅級、鍍金級、布疋級等六個等級。」
即使法托菈如此解釋，但是聽起來好像幕內（註4）、十兩、幕下、三段、序二段、序口等六級……
「從布疋級開始比賽，加上銀級與銅級的高位戰大約二十場，再加上金級則有四十場左右。」
很有可能金級＝幕內，銀級＝十兩，銅級＝幕下。
「金級與銀級的牛會有一段裹上戰士布，繞圓形擂臺一圈，向觀眾展現英姿的時間。」
根本就是上場儀式嘛！因為只有幕內與十兩能參加，愈來愈像相撲了！

註4 幕內從高到低另分為橫綱、大關、關脇、小結與前頭等五級。

為什麼這麼像大相撲啊……相似得簡直離譜……而且大家都沒發現，只有我察覺到，感覺好奇怪……

「別西卜大人，根據鬥牛協會的報告，聽說門票已經賣完了。我們農務省臉上有光呢。」

「是啊。爆發打假賽嫌疑時，觀眾一下子少了好多，但看來順利恢復了哪。」

連別西卜與法托菈的這番話，我都覺得似曾相識！

「可是讓牛認真搏鬥的話，受傷的牛也會增加呢。總覺得這也是情非得已。」

「法托菈啊，或許妳說得沒錯。可是觀眾如果發現表面上宣稱認真比賽，實際上卻放水的話，當然會生氣哪。」

「不過再怎麼說，往年的知名比賽應該都是牛隻認真較勁吧。」

「還有，受傷牛隻增加的原因可不只是所有比賽都開始打真的。牛的體重也比以前增加了，才導致受傷的牛變多。以前的牛有更明顯的筋骨線條，但是知道體重愈重愈有利後，所有牛都變成重量級啦。」

我開始覺得法托菈與別西卜早就知道一切，而且還在逗我。

「牛頭人觀眾似乎也增加了呢。觀眾回流了嗎？」

「當初打假賽嫌疑沸沸揚揚時，許多牛頭人宣稱傳統鬥牛遭到玷汙，發起過抵制運動。目前正好是風波平息的時候吧。」

我甚至有種自己在國技館（註5）的錯覺。

「不過別西卜大人，可能是時代的變遷，也有不少牛隻的主人是牛頭人以外的魔族呢。這隻叫牛騎士道的牛，飼主可是妖精喔。」

「還有艾納溫族派出的牛隻哪，叫做牛之草的牛。或許不久之後，人類派牛參賽的時代也會到來。」

感覺這番話就像相撲國際化。

「可是鬥牛比起運動，更是牛頭人的祭祀儀式呢。還要維持神聖性，所以相當麻煩。」

「鬥牛至今尚未在魔族世界擴展開來，就是因為這個關係。」

相撲原本也是祭神的典禮呢⋯⋯

「嗯⋯⋯實在像極了大相撲⋯⋯相撲摔角⋯⋯」

「亞梓莎，可不是摔角哪。是鬥牛，兩者似是而非。」

但實在是太像了嘛！

「哦，布疋級的比賽開始了！」

芙拉托緹露出純粹的眼神盯著擂臺。

註5 位於東京的兩國，大相撲的比賽場所。

我也好想效仿芙拉托緹享受喔……實在不想腦海裡邊吐槽邊觀賞……老實說，我沒辦法集中精神！

鬥牛的相關人士從東西兩側拉著牛入場。

等到牛隻面對面後，相關人士便離開。

比賽開始！

「哞～」「哞嗚～」「哞～～～～」「……嗚哞～」

只見兩隻牛靠在一起，開始舔對方的臉。

超級，和平的……

中途裁判登場，宣布西方的牛獲勝。

這倒是無所謂，但是可以告訴我，究竟根據哪一點決定勝負的嗎？

剛才只是在互舔而已耶。

「……總覺得好沒意思喔。」

芙拉托緹一下子就失去興趣了！

「畢竟是布疋級，就是那樣囉。這種比賽會持續一段時間。」

我們很有可能弄錯了入場時機。

之後依然是根本算不上鬥牛的溫吞比賽。
應該說，只是兩頭牛靠近彼此而已嘛。
完全沒看到哪隻牛展現出戰鬥意志。
偶爾有似乎更高級的裁判審議現場裁判的判決，但是審議的基準成謎。
「我說別西卜，這場鬥牛最後要比到何時才會結束？」
「咱們大約九點進場的吧，比完金級要等到傍晚六點哪。」
「拜託，實在太久了吧！」
「所以才沒必要這麼早入場啊。就算要看銀級的比賽，下午兩點二十分左右入場就夠了。」
原來別西卜等人之所以興趣缺缺，也是因為一開始的比賽太無聊啊……
「之後還有鬥牛以外的其他活動，全部看完要到晚上九點了哪。」
似乎比大相撲還要久。大相撲在傍晚六點結束。
「可以自由進出場嗎……？」
「嗯，別弄丟指定席的票券即可。」
之後再回到肉食大會的會場，買點東西吧……
由於鬥牛實在拖得太久，我家的三個小孩全都進入了夢鄉。
沒辦法，想不睡都很難。起先的三場左右看到牛還會覺得很可愛，但是始終只有牛，難怪會看膩。雖然這時候出現龍族也怪怪的。
中途我也跑去肉食大會的會場買烤肉，分量請店家幫我減半。

然後過了下午兩點。
「哦，終於到了銀級的鬥牛登場典禮了哪。」
喊到名字的牛依序裹著華麗的布疋，牽到場上。
「噢，是十兩上場儀式呢。還戴著彩繪腰帶呢。」
「別再說莫名其妙的話了。這是銀級的登場典禮哪。」
影響日本的神明可能與影響這個世界的神明是同一位。
或者哪個轉生者造成了影響吧，各方面實在太相似了。
另外，銀級的上場儀式（這麼稱呼應該沒差）的時機還有另一項變化。
競技場的看板上顯示了巨大的影像！
『哈囉，讓各位鬥牛粉絲久等囉～我想從這一屆比賽測試最新的魔法技術，以魔法直播的形式為各位觀眾播報喔～轉播由我，魔王普羅瓦托・佩克菈・埃莉耶思擔任～♪』
還真是徹底利用古代文明的睿智耶！
『負責解說的則是武鬥家武史萊小姐。武史萊小姐，麻煩您囉～』

一旁還有武史萊小姐！

『我是武史萊，今天請多多指教。有工作的話歡迎找我。』

『啊，這是公共魔法直播，可以不要進行私人宣傳嗎～？』

真的愈來愈像電視臺轉播了……

『武史萊小姐，提到鬥牛的觀賞樂趣，究竟是哪一方面呢？』

『雖然違法，但只要賭錢就會很熱絡呢。』

『這是公共魔法直播，請避免提起違法的事情喔～♪』

已經出現不大不小的播出事故了。

『下一場比賽是大成牛VS牛疾風呢。請問有什麼看點嗎？』

『純論重量的話是大成牛占優勢。所以要看牛疾風是否能迅速繞到側面，使勁推動。重量重的牛一旦身體離地就會變輕。這麼一來，重量反而會成為不利因素。』

正經的解說也沒問題呢。

『哦，比賽時間開始囉～大成牛推動！使出力氣推！哦，牛疾風躲過了！從側面反攻！用力推，用力推！各位觀眾，牛疾風贏得了這場比賽的勝利！』

比賽來到這個等級後，終於有相撲的模樣了。

啊，不是相撲，是鬥牛嗎……還真繞口……

『哎呀～比賽果然很有牛疾風的風格呢。前期大成牛雖然也不斷進攻，但卻無法

貫徹攻勢而稍作休息。接下來就轉為牛疾風的攻勢了。』

『雙方都充滿年輕活力，真是精采的比賽♪只要不放棄，大家都一定能閃閃發光，所以要以頂點為目標努力喔♪』

轉播聽起來好像偶像的歌詞。這些姑且不論——

「佩克菈似乎很開心呢。」

「基本上魔王大人喜歡引人注目哪。正因如此，才無法放棄這一類活動。」

魔王喜歡出鋒頭，要說自然倒也自然。

此時剛才睡著的女兒們也紛紛醒來。

「太吵了，法露法睡不著……」

「這裡原本是必須吵鬧才行的地方耶……」

「很吵耶……根本不能安心地睡午覺嘛！」

桑朵菈倒是惱羞成怒。

另外夏露夏還在睡。

有人反而在適度的雜音下睡得更安穩。

還有，芙拉托緹似乎愈看愈激動，尾巴不停晃來晃去。

「哦！牛大臣，直接推下去！利用牛角，讓對手軀體浮空後鑽入懷裡！這樣就能一口氣推到底了！」

雖然覺得與當初想像中的鬥牛有些差距，但是看得過癮就好。

萊卡與哈爾卡拉也看似專注地觀賞。果然是因為白熱化的比賽增加吧。不愧是能匹敵十兩的水準。

以前我從未親眼見過大相撲，對我而言或許也剛剛好。

再說雖然這意見很像哈爾卡拉……不過一邊喝酒一邊觀戰，應該會更有趣。休息時間去買酒喝吧……

『太陽牛沒有撞上去，而是繞到後方！直接以角戳對手！勝負揭曉～！哎呀，會場有些安靜呢。意思是這樣不公平嗎？您怎麼看，解說員武史萊小姐？』

『其實也希望能堂堂正正對決，但這畢竟是比賽。既然已經遵守規則，牛應該也必須考慮到這些因素。而且牠也是變化多端的牛，得考慮撞到那一刻的情況。比賽對手稍微馬虎了一些。』

我不太清楚相撲轉播是什麼樣子，但是聽起來很有相撲的感覺。

『哦，已經要比下一場了呢。呈現一進一退的攻防！雙方纏鬥！裁判猶豫到最後，判定西方獲勝！』

『看來要進入審議階段呢。』

『好像是的。牛頭人裁判團——俗稱【親方】聚集在擂臺上。』

連名稱也叫親方嗎……

之後繼續上演相當激烈的對戰，進入金級賽程。
『金級與銀級最大的區別是什麼呢，武史萊小姐？』
『金級有公司提供的賞金體系，戰勝人氣牛隻能讓牛主賺大錢。多的時候高達二十呢。金額相當高，真是羨慕啊。』
武史萊小姐絲毫不放過與錢有關的話題呢。
會場似乎真的座無虛席，所有觀眾席都坐滿了人。
這時候出現一隻飛龍，從擂臺上方垂下一塊布條。
『非常感謝各位觀眾的支持，今日座位客滿。』
這是滿員御禮（答謝客滿）耶！
「因為買門票，剛才參加肉食大會的觀眾入場了哪。接下來才是重頭戲。」
連別西卜都聚焦在會場上。
話說她剛才和法托菈解釋了那麼多鬥牛相關知識，應該十分了解吧。
長著巨大牛角的牛隻，在比賽會場上彼此以頭碰撞。
「噢噢！好壯觀啊！上啊，快上啊！」
芙拉托緹揮舞著手大喊。
「這真的是鬥牛耶！」
不知不覺中變成了我熟知的鬥牛。

好像被施加魔法一樣，感覺好不可思議。
孩子們也喊著牛的名字加油。
氣氛真是熾熱！
尤其像是體型小的牛戰勝體型大的牛時，氣氛更是熱烈！
不知不覺中，轉眼便來到最後一組比賽。
『牛鳳凰與牛龍撞在一起！雙方的牛角緊緊纏住，動也不動！動作完全停了下來！看樣子勢均力敵嗎～!?』
『不，一旦停下來，就是牛鳳凰比較有利。如果有思考時間，身經百戰的牛鳳凰會引導戰局至自己有利的方向。如果牛龍沒有一鼓作氣的話——』
『哦，牛鳳凰一扭頭，將牛龍翻倒在地！牛鳳凰獲勝！』
整座會場籠罩在歡呼聲與尖叫聲。
尖叫聲是幫牛龍加油的觀眾吧。
『真是精采的比賽，牛主應該也會獲得高額賞金。哎呀～真是好賺呢，我乾脆也來養牛吧。不過養育費用不划算呢。』
解說員提到太多錢的相關話題了吧。
『本屆鬥牛同樣十分精采呢～佩克莅也很感激喔！鬥牛的巡迴賽程表也已經公開，有興趣的觀眾歡迎蒞臨觀賞～♪還有能接觸鬥牛的活動喔～♪』

佩克菈的轉播相當精采。畢竟是魔王吧，說話十分流利。
結果不知從何處——傳來咚咚咚，咚咚的大鼓聲。
「這是告知鬥牛落幕的大鼓聲。是自古以來的傳統。」
法托菈告訴我。
鬥牛直到最後一刻都好像相撲。

◇

照理說鬥牛慶典已經順利落幕——
但是沒有多少觀眾從座位站起來，反倒是有新的觀眾入場。
「接下來是第二部分的活動開始哪。」
「話說活動還有三個小時對吧……」
這三個小時究竟要舉辦什麼呢。
之前我滿腦子都是鬥牛，所以也沒有詳細確認。
「差別並不大。畢竟今天可是牛頭人之日哪，活動與牛頭人有關。」
「可是肉食大會已經舉辦了，還有什麼節目嗎？」
過了一段時間，響起吹奏樂般的喇叭聲。

然後牛隻們再度出場。

所有牛都繫了寫著數字的布。

『好的，接下來是賽牛的時間。轉播將由我，魔王普羅瓦托・佩克菈・埃莉耶思繼續擔任！』

「解說同樣由我，武史萊負責。」

影像又出現了！

賽牛，意思是像賽馬一樣嗎……

『武史萊小姐，您覺得哪隻牛會贏呢？』

『哎呀~其實我沒什麼興趣，所以不知道呢。賭博不是都設計成莊家最後會賺錢嗎？』

那妳何必接下解說員的工作啊！

『不過當解說員有錢拿。所以我這個門外漢會設法努力解說。』

拜託，既然一竅不通就老實讓位吧！那可是專家坐的位置耶！

『本屆賽牛是第五賽道的雷霆最受歡迎呢~♪』

『那隻牛的模樣真帥啊。仔細一瞧，好像鳥兒展翅的模樣呢。』

解說真的很沒用耶！

『第二受歡迎的是第八賽道的吸血鬼黎明喔。』

『我推測第四受歡迎的牛會奪冠。另外根據是我的直覺。』
開除解說員吧。
「亞梓莎小姐，這場賽牛活動是農務省與體育廳合作，從本屆鬥牛慶典開始舉辦的。同時也允許賭錢。考慮到光靠鬥牛已經接近極限，才決定吸收其他的體育要素。」
「法托菈，謝謝妳的解說……由妳代替武史萊小姐擔任解說員比較好吧……」
「不，公務員擔任解說員實在不太合適。」
真要這麼說的話，國家元首佩克菈不是也擔任轉播嗎，不過還是別在意細節……
魔王總是老樣子，想做什麼就做什麼。
我們家也有部分家人十分興奮。
仔細一瞧，哈爾卡拉緊握著幾張馬票——不，應該叫牛票。
「冥府虛空衝呀！冥府虛空！海洋創造也可以！」
「對賭博好熱衷喔！」
以前她就散發對賭博感興趣的氛圍，果然沒錯……
「師傅大人，這是協助鬥牛慶典的一環。等於貢獻社會！」
這是喜歡賽馬的人會說的論調。
「反正又不會今天一天輸掉幾百萬戈爾德，就盡量享受吧。反正妳平時也靠公司賺錢……」
「可是亞梓莎啊，賽牛不是只有這一場，總共多達五場哪。」
啊，可能會比想像中更花錢……
「哈爾卡拉，下注金額要設限。」
「欸～！」
拜託，妳到底想賭多少錢啊。
我覺得哈爾卡拉乾脆去當牛主算了。公司的業績不會太差，應該能勝任吧。
接著進行的是堪比賽馬的比賽。
「冥府虛空！我就靠你了啊！拜託從外側切入吧！辦得到！你辦得到的！我相信你！」
哈爾卡拉興奮得有些不對勁。
「加油的方式好像自己朋友參賽一樣呢。」
「我希望自己的心情盡可能傳達給冥府虛空！拜託要贏啊！」
不過其他家人也認真盯著比賽瞧。
連視牛如仇的桑朵菈都高喊「再加油一點啊！」由於是牛在奔馳，看起來十分有趣吧。

賽牛是真正能闔家同樂的體育呢。
不過從第四場比賽開始，又出現了變化。
因為穿著號碼牌的牛頭人紛紛出場。
「哎呀？牛頭人自己要跑嗎？」
「牛頭人的腳程也很快。許多人在體育方面十分活躍哪。」
感覺比賽牛更受歡迎。呼喊選手名字的聲音也響徹會場。
「其中有選手獲得偶像般的支持哪，雖然粉絲幾乎都是牛頭人。」
「我實在看不出來牛臉的人誰長得帥氣，誰長得美貌……」
可能由於牛頭人並列之故，增加不少田徑賽的氣氛。
強力燈光燦爛照亮會場，即使在晚上都能清楚觀戰。
「庫蘭達德先生！第九賽道的庫蘭達德先生！拜託不要輸啊！」
即使是牛頭人賽跑的比賽，哈爾卡拉都照賭不誤啊……
「哈爾卡拉小姐竟然這麼熱衷……我們農務省官員也感激不盡呢……」
雖然瓦妮雅感動不已，但應該有些誤會。
但是比賽開始後，連我都跟著全神貫注，和哈爾卡拉沒什麼差別。
畢竟牛頭人的腳程真的很快。
光是奔跑就足以產生強風吹到觀眾席上的錯覺。

© Benio

而且在古代文明魔法的幫助下，拚命奔跑的選手容貌在螢幕上呈現特寫。

這就是現代嘛！

機會難得，我也和哈爾卡拉一樣，幫那位叫做庫蘭達德的牛頭人加油吧。

「衝呀！超呀！庫蘭達德！超越別人！很好，超車了！贏啦！」

「太棒了呢，師傅大人！」

我和哈爾卡拉感動至極地相互擁抱。

支持的選手一旦獲勝，心情也會特別興奮！

過了不久才回想起來……彼此擁抱好像有點過頭了。

「啊，哈爾卡拉，抱歉……一時忍不住……放開吧……」

「不會，反正機會難得，和師傅大人長時間幽會，其實呢，也不錯……」

哈爾卡拉始終不肯放手。

「妳在胡說什麼啊，哈爾卡拉!?」

「之前不是也說過嗎，我其實不介意搞姬喔。」

「我沒聽過這種話！」

我迅速逃出哈爾卡拉的魔掌。

最後的第五場比賽採取接力賽形式，晚上的競技場終於進入高潮。

另外哈爾卡拉想拿第四場比賽賺到的所有獎金下注，我阻止了她。實際上，哈爾卡拉剛才下注的牛頭人在中途失速……

「哈爾卡拉，妳是典型的會賭到身敗名裂的類型呢。」

「師傅大人，人生本來就像賭博一樣啊。」

別說得好像格言一樣。

在餘味尚未褪去之際，魔族等人回來了。

「呼，成果還算豐碩，可以放心啦。」

別西卜露出搞定工作的表情。

這不是在玩，而是不折不扣的農務省企劃。

連一直在觀戰的我都很清楚。

「別西卜，還有法托菈與瓦妮雅，工作辛苦了。」

我開口慰勞眾人。因為我很明白工作有多累。

「哼，只要小女子出馬，這點小事不算什麼哪。」

其實她可以更高興一點，不過相較於別西卜之前的辛苦，這項工作的確不算什麼。

「別西卜小姐，辛苦啦～！」

「哦，法露法，謝謝妳啊！疲勞頓時煙消雲散了哪！」

「喂……對我和對法露法的態度也差太多了吧。」
「為何對妳和對女兒要有相同反應哪。」
是沒錯，但也有一部分聽得我火大。
「之前對體育沒什麼興趣，但是今天學到很多東西。知道自己原本不知道的事物，是學習樂趣的根源。感謝提供這次機會的別西卜小姐。」
果不其然，夏露夏的道謝方式十分生硬。
不過夏露夏就是以這種方式，試圖以自己的方式表達謝意。
「為了女兒們，努力是當然的哪～」
「不要一直女兒女兒地喊……喊幾次我還能當作沒聽到，但是次數太多了吧。」
「哼，總有一天會讓她們成為真正的女兒哪。咯咯咯……」
別西卜露出霸氣的笑容。
「魔族……這裡有露出本性的魔族……」
要是不小心一點，會演變成無法挽回的情況。
反過來說，這一次順利享受了鬥牛慶典，連女兒們都心滿意足呢。

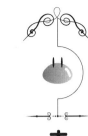

去找大史萊姆

She continued destroy slime for
300 years

我在飯廳飲用下午茶，面前是法露法與夏露夏正在教桑朵菈念書。

「來，這樣沒錯吧？」

「好棒喔！寫得很好喔！六成是對的！」

「那不是錯了不少嗎……聽到妳說好棒，害我稍微期待了一下。」

讚美式教育有時也會造成本人空歡喜一場的反效果嗎……

「沒這回事。這是稍微簡化版的大學入學考題喔。能答出一半以上就可以對自己有自信了。」

「是、是嗎？這個……是大量使用了光合作用儲存的營養，晚上也努力念書的關係吧。成果展現了喔！」

不知不覺中，桑朵菈也愈來愈聰明了。

應該說她已經會解答這麼困難的問題了啊。

剛來我們家的時候，連文字都寫不好呢。

看到女兒的成長，我感到很開心。雖然負責教育的也是女兒……這一點沒辦法。自己的小孩教學的話，一般而言是負責教的小孩比較聰明。法露法與夏露夏都可以在大學執教了。

「桑朵菈，晚上念書很了不起，但是不可以過度熬夜喔。因為很傷身。」

沒必要像考生一樣念書念到深夜。

這才是我的教育方針。

即使在上輩子，填鴨教育下出社會的人也不見得會得到幸福。

「那是以動物為基準吧？只要在白天充分行光合作用，晚上也可以醒著念書。」

「啊，對喔……那就沒差……」

我還不太習慣植物的價值觀。

我也得該習慣女兒的價值觀才行……

「話說回來，妳們這對妖精姊妹真的好聰明。我很佩服。」

連生性傲嬌的桑朵菈都坦率地稱讚兩人。

桑朵菈自己變聰明後，或許反而了解法露法與夏露夏有多厲害吧。

「因為法露法和夏露夏以前居住的森林內沒什麼娛樂啊。只要來到附近的鎮上說要念書，就能在各處借到書籍呢。」

「外表是小孩子，別人也會睜一隻眼閉一隻眼。十分感激，恩情比海深。」

對了，她們以前說過，曾經從孤兒院領取衣服與生活用品吧。生活中曾經受到許多人的照顧。

話說回來。

我從未到那些地方答謝過呢……

「欸，媽媽想向曾經幫助過妳們的設施道謝，能告訴媽媽在哪裡嗎？」

雖然有點晚，但我覺得應該帶些「食用史萊姆」登門拜訪才對。

「媽媽，院長早就過世囉？」

「當初見面的時候年紀就很大了。以前參加過葬禮，住在森林的時候，每年都會去掃墓。」

我都忘記她們很長壽了。法露法與夏露夏連這一點都十分確實，真是乖巧的女兒啊。

「不過去找以前提供照顧的人，或許也不錯呢，夏露夏。」

法露法露出比平時認真的表情，像是以姊姊的身分發言。

「森林裡不是也有照顧過法露法與夏露夏的人嗎，例如大史萊姆。是該去露個面了。」

桑朵菈露出困惑的表情說：「什麼大史萊姆啊……」

這是相當特殊的概念，我也明白桑朵菈的心情。

「這個呀，所謂的大史萊姆…………」

對啊，究竟該怎麼說明呢？

「……所謂的大史萊姆，就是非常大的史萊姆。」

「亞梓莎，妳看我像小孩就瞧不起我，對吧。」

結果被桑朵菈瞪了一眼。呃，我沒有絲毫惡意啦。但我還在思考該怎麼說明，再等我一下。

「大史萊姆啊，類似史萊姆的意念凝聚而成的特殊史萊姆喔。換個形容方式，就是史萊姆長老？」

以前曾經見過一次大史萊姆。

因為是在羅莎莉成為家人之前，不認識大史萊姆的家人才愈來愈多呢。

「史萊姆也算是奇妙的進化結果呢。以前我一直不知道史萊姆算不算動物，但是不能小看喔。」

話說回來，史萊姆在生物上究竟該怎麼分類呢？向來籠統地歸類於魔物，但這是相當粗糙的概念。

「那就全家去拜訪大史萊姆吧。對妳們兩人而言也等於回老家。」

大史萊姆應該屬於半永久性的存在，但依然應該經常探望。

「嗯，謝謝妳，媽媽！」

法露法活力十足地回答，於是等哈爾卡拉的公司放假，全家人一起出發。

◇

乘坐萊卡與芙拉托緹，我們前往法露法與夏露夏的故鄉。這段距離以龍族單程要花三小時。

兩名龍族費了一點功夫尋找能降落的場所，最後終於勉強著陸。反正我們的腳程也很快。

「這附近會噴出毒氣……走的時候要小心……」

「嗯，尤其哈爾卡拉要小心一點……」

大史萊姆所在的貝爾格立亞森林會從地面噴出毒氣，十分危險。

但是沒有強烈到我和萊卡會有危險，史萊姆妖精法露法與夏露夏也沒什麼問題。

而且附近的植物也沒有枯萎的跡象，桑朵菈應該也不用擔心。

所以實質上，必須小心的只有哈爾卡拉吧。

「不過這座森林還真暗呢。高聳的樹木獨占了陽光，未免太貪心了吧！」

桑朵菈對獨特之處忿忿不平，這座森林的確連白天都彷彿夜幕低垂般陰暗，顯得很詭異。

不久後，見到森林另一端坐鎮著一塊像是巨大寶石的物體。
「是超大顆的藍色寶石！難道是寶物嗎!?」
芙拉托緹開心地跑過去。
連生活隨興，多半生活得今朝有酒今朝醉的藍龍，似乎也會對寶物感到興奮。
但那並不是寶物。
「啊，芙拉托緹，等等，等一下！」
在我阻止之前，芙拉托緹——

彈～～

輕輕地撞上這個「寶物」，並且被彈開。
「怎麼會？以寶石而言太過柔軟了，而且還特別會晃呢……」
芙拉托緹以手指戳了戳這塊像是寶石的物體。
「芙拉托緹，那就是大史萊姆。」
「咦？這就是嗎？主人，史萊姆會變得這麼大嗎？」
也難怪芙拉托緹會驚訝…………等等，出發之前說明過了吧……她大概左耳進右耳出……

「因為巨大才叫大史萊姆啊。外表是史萊姆，不過類似法露法與夏露夏，接近妖精喔。」

「哦，世界上還真是無奇不有呢。」

羅莎莉錯愕地表示「大姊說過了啦……」果然只是芙拉托緹沒在聽而已。

「可以脫下鞋子爬上去喔。這樣大史萊姆就會對妳說話。」

「噢，我根本就沒穿鞋子。」

拜託好歹穿一下吧！實在太野性十足了！

芙拉托緹首先爬上大史萊姆。

「彈性十足，感覺好怪。跳一跳似乎很有趣呢！」

法露法與夏露夏以前似乎就是這樣玩耍的。

正因為這裡會誕生大史萊姆這種物種，法露法與夏露夏才得以出生吧。

這片土地似乎容易凝聚史萊姆的意念或靈魂。

「妳是芙拉托緹吧。妳好，我是大史萊姆。」

從大史萊姆的身體出現呈現人型的模樣。

這是大史萊姆與外界溝通時的型態。

「哇！有東西跑出來了！」

芙拉托緹大吃一驚。但是剛才應該也解釋過了吧……

「歡迎來到大史萊姆——雖然自己這麼說有點怪，不過大到這種規模後，就變得像地點一樣呢。另外也有好幾位第一次見面的訪客吧。」

「妳和我很接近呢。雖然妳好像有身體。」

原來如此，也接近幽靈羅莎莉啊。

「我是曼德拉草桑朵菈。區區史萊姆，妳似乎很厲害。」

桑朵菈莫名擺出高高在上的態度。不過她也是相當特殊的存在，其實沒關係。

「好久不見～！」

「回到故鄉來探望了。這座森林一點都沒變。」

法露法在大史萊姆身上像在彈簧床一樣跳來跳去，夏露夏則不知為何跪坐。每個人對待大史萊姆的方式都不一樣。

「森林沒有變，不過附近的變化出乎意料地大。話說回來，這一次的人比之前多呢。有打分數的價值。」

這隻大史萊姆有個習慣（？），就是幫訪客打分數。

雖然有點在意大幅波動，不過對大史萊姆而言，分數似乎比較重要。

「首先是法露法與夏露夏，九十九分。」

兩人都對優秀的高分感到開心。

夏露夏一直維持跪坐姿勢，但是身為母親的我看得出她很高興。

「妳們都變得很優秀呢。沒有給滿分是因為期待今後進一步的發展。」

這隻大史萊姆就像法露法與夏露夏的監護人，所以給這麼高分值得高興。連我都這麼開心了，兩人想必更加喜悅。

「接下來就幫萊卡評分吧。」

「好、好的！」

不知為何萊卡擺出立正的姿勢，好像被老師叫到的女學生。

「萊卡也是九十九分。非常優秀呢。」

「感謝您的誇獎！」

萊卡禮貌地道謝。雖然不知道評分基準，不過相當高分。

「那麼換亞梓莎了。」

被她一喊，我也覺得自己挺直了腰桿。

「妳是九十七分，額外加二十分。」

「到底怎麼計算的啊!?」

要做什麼才能得到額外分數啊。

「亞梓莎，妳在各方面都提供了貢獻，因此額外加分。」

「原始分數比法露法、夏露夏與萊卡還低兩分嗎？雖然算是誤差。」

「總覺得就該給九十七分。」

「評分認真一點好不好！不要隨便扣分嘛！」
不是分數給得高就可以隨便給分好嗎？
「好，接下來換我了……」
哈爾卡拉的臉頰流下汗珠。
畢竟上一次的分數偏低……
可是連大史萊姆都露出尷尬的表情，轉過頭去。
又要給低分了嗎？
「哈爾卡拉的分數…………沒辦法公開！」
想不到竟然不公布分數！
「拜託，這樣很奇怪吧？低分也沒關係，拜託告訴我嘛！」
哈爾卡拉逼近大史萊姆。我可以體會她的心情。
結果大史萊姆（的人形型態）雙腳不動，逐漸往後退。因為在大史萊姆本體上方的話，人形型態可以出現在任何地方吧……
「非常抱歉，從這次開始決定不公布分數……哈爾卡拉的分數無法公開！」
「這樣根本就不算說明吧！那麼之前大家的分數究竟幾分呢？」
大史萊姆朝羅莎莉瞄了一眼。
「羅莎莉八十二分。因為她身為惡靈，天天努力鑽研。」

「啊，我的分數也不錯喔！」

嗯，羅莎莉的分數也可以自豪。

然後大史萊姆偷瞄芙拉托緹與桑朵菈。

但是視線卻特別游移不定。

「芙拉托緹與桑朵菈的分數無法公開！」

該不會——分數不及格就選擇不公開吧……？

「這樣誰能接受啊！快說啦！不要瞧不起人家是植物喔！」

連桑朵菈也跟著哈爾卡拉一起逼問。

「沒辦法！唯有這一點實在難以奉告……」

「為什麼吞吞吐吐的呢！其實妳已經打過分數了吧？拜託也告訴我嘛！難道評分有那裡不公平嗎？該不會就像扣了以前成績不好的人十分吧～？」

「不，絕對沒有不公平！就是不能公布！」

「那至少告訴我不能公布的原因！」

「這也無可奉告！很抱歉！」

大史萊姆被步步進逼，氣氛變得有些微妙呢……

十有八九是不及格就不公布分數吧。

另一方面，芙拉托緹悠哉打了個呵欠。

「那種人給的分數一點也不重要。」

某方面來說，這好像也是正確的態度。

到頭來，大史萊姆依然沒有公布分數。

哈爾卡拉與桑朵菈依然忿忿不平，但是大史萊姆始終不肯開口，她也滿頑固的呢。

只見大史萊姆若無其事移動到法露法與夏露夏身邊。明明是特別的存在，卻像極了人類……

對了，在忘記之前先詢問之前在意的事情吧。

「話說妳剛才提到，這附近發生很大的變化，究竟發生了什麼事？」

「對了，自從上次各位來過之後，就發生很罕見的現象。」

聽到我拋出的話題，大史萊姆露出些許獲救的表情，像是任何分數以外的話題都好。

究竟是什麼事呢？乍看之下風景沒有改變。

「是什麼呢～？像是毒氣散掉了嗎？」

「提到這附近可能產生的變化，只想到毒氣而已。」

法露法與夏露夏也很有雙胞胎的默契，得到相同的結論。似乎連曾經長年生活的兩人都不知道。提到貝爾格立亞森林，似乎就想到毒氣。
「不，不是的。另外現在的毒氣濃度，連哈爾卡拉小姐都能生存將近一個小時。」
「噢，太好了——等等，這不就代表我還滿危險的嗎？」
哈爾卡拉臉色發青，唯有她沒有任何體能上的金手指要素。
「的確，大家最關心的就是毒氣呢。不過時間上依然不用擔心，請大家放輕鬆吧。」
「很感謝妳的關心，可是我經常聊得太起勁而忘記時間，所以會害怕呢。」
哈爾卡拉很清楚自己的體質容易招惹麻煩，看來她也成長了呢。雖然似乎還得不到及格分……
「本來心想再喝一杯就好，結果不知為何喝了五杯，這毛病重複幾百次了始終沒改掉呢。」
分數之所以沒公布，應該就是這個原因。
「哈爾卡拉小姐，如果感到不舒服，吾人就先帶您到空氣清新的地方……」
萊卡似乎也一直關注她。這樣應該能在出狀況之前設法搞定吧。
「那就拜託了……還有這座森林就算不考慮毒氣，也讓人覺得心神不寧……雖然對法露法妹妹與夏露夏妹妹不太禮貌，但是在精靈眼中感覺怪怪的。上次明明沒有這種感覺……」

今天的哈爾卡拉十分謹慎，因為以前曾經吃過虧。

「哈哈哈！哈爾卡拉真是沒膽呢！」

全家最不考慮後果的芙拉托緹對此一笑置之。

「這點程度根本不算什麼。精靈真是小家子氣，除了陰暗以外哪有問題啊。不如說多虧毒氣，人口密度才沒那麼高呢。要是全世界都噴出毒氣就好了。」

桑朵菈，妳這句話的意思是叫人類滅亡吧……？

「不，說真的，有種奇怪的感覺呢。雖然以龍族或植物的標準可能無法分辨……」

這種情況最好相信哈爾卡拉的話。

精靈可是森林的專家。

「該說這裡讓人背脊發涼嗎，好像會跑出什麼東西呢。」

「哈爾卡拉大姊，幽靈的話不是天天看我看慣了嗎！妳太緊張啦！絕大多數惡靈連像樣的壞事都做不了，根本不可能對人類造成有害的影響啦！」

「……全家就屬我最普通耶。大家只是不適用常識而已！」

哈爾卡拉的心情應該是正確的。

「可是真的沒有惡靈之類的事物，所以沒有靈異現象啦。要賭腦袋都沒問題。」

羅莎莉的腦袋可以摘下來嗎？肯定不行吧。就算可以也千萬不要，看起來超恐怖……

這麼一來，大史萊姆說的變化，頂多就是森林裡增加了新品種的植物吧。

「關於發生的變化啊——」

大史萊姆再度冷靜地開口。

「誕生了等同於法露法與夏露夏妹妹的人物。」

不會吧啊啊啊啊啊啊啊啊啊啊啊啊啊啊啊啊啊！！！！！

這句話不只有衝擊力，甚至能讓人飛上一萬公尺的高空。

每個人反應也不同，萊卡與哈爾卡拉和我同心聲，發出「不會吧————！」的呼喊。

法露法與夏露夏似乎在整理思緒般，不停眨眼。

應該是衝擊力太強，腦袋當機了吧。

「再詳細形容一點，就是新的史萊姆妖精誕生了。」

大史萊姆似乎對我們的驚訝感到嚇了一跳，說話開始略為加速。

「先誕生的史萊姆妖精是法露法與夏露夏兩人，為了方便起見才以妹妹稱呼。當然沒有血緣關係，所以稱為晚輩也可以。」

大史萊姆冷靜地告訴我們，妹妹其實是比喻的表現。但是我、法露法與夏露夏早已完全被「妹妹」這個詞的衝擊性吸引。

至少沒辦法當成陌生人看待。

「姊姊……這下子可不得了呢……多了史萊姆妖精的妹妹……」

「怎麼辦……這時候要數質數，讓自己冷靜下來……」

真難得看到如此不知所措的兩人呢。

其實我也不知道怎麼對待這個「妹妹」，一片混亂。

不論是她們兩人的妹妹或晚輩，如果史萊姆妖精是事實的話——

就是我的女兒。

因為我狩獵的史萊姆靈魂之類凝聚後，才誕生了法露法與夏露夏。

如果適用這個理論，同樣由史萊姆靈魂凝聚而誕生的女孩就是女兒。

而且我已經對待法露法與夏露夏如同女兒，之後誕生的女孩要當成陌生人也說不過去。如果好幾百個史萊姆妖精誕生，感覺也許會不一樣……但現在才第三人。

這一點得確認才行！

「噢，可以不用當成女兒對待。這一次是各地狩獵的史萊姆靈魂聚集而成，在這一點上與亞梓莎的關係相當薄弱。至少她可能不會認妳是母親吧。」

世界各地都會狩獵史萊姆。
雖然有部分感到放心，卻也覺得很難過。
總之先從打聽那女孩的情報著手。
「欸，大史萊姆，那女孩叫什麼名字？」
若是法露法與夏露夏的妹妹，該不會叫做喵露喵吧。
「那名妖精叫做埃迪爾邊境伯席羅娜。」
「居然是聽起來超了不起的名字！」
如果我宣稱是她的媽媽，她會不會認為我是想攀親帶故的可疑人物，對我提高警覺……應該說誕生沒多久就能當邊境伯嗎？難道是當前任邊境伯的養女之類？
「另外，埃迪爾邊境伯是自稱，她本人沒有爵位。」
居然還自稱……這種頭銜可以隨便亂取嗎？大概不值得一個個去抓吧。
「埃迪爾這個地名，正好是法露法與夏露夏以前住處所在的狹窄地區。她應該想強調自己是那塊土地的主人。」
「她的自我主張還真是強烈呢……」
哈爾卡拉臉色發青。呃，這是毒氣造成的嗎？是不是該拜託萊卡，帶她前往高空？
事不宜遲，那就走吧……前往能得到必須情報的方向。

「欸欸，那個叫席羅娜的女孩住在哪裡呢～？」

法露法也打聽關於自己妹妹的情報。

「她改建法露法、夏露夏妳們住過的小屋後居住。」

真是有效活用過去的資源啊。

「媽媽，既然聽到這些情報，就非去不可了。希望可以前往小屋。」

夏露夏緊盯我的眼神表示。

「當然沒有媽媽能忍心說不囉。」

我笑著回答。

畢竟這不只是她們兩人的問題。我也不能坐視不管。

「不過……先將哈爾卡拉送到空氣清新的地方，之後再去。」

哈爾卡拉的嘴脣開始發紫。

她果然沒辦法適應這裡的空氣……

多了新的女兒

She continued destroy slime for
300 years

藉由龍的力量可以輕而易舉回到高原之家，因此決定讓哈爾卡拉乘坐芙拉托緹回高原之家休息。

但是哈爾卡拉反覆叮囑我要小心。

根據她的說法，「不好的預感可能出自那個叫席羅娜的人」。

還提出森林可能經由席羅娜之手大幅改造的假設。

當然，無法確定這番話的真假。

全家人突然上門也有可能讓對方混亂。因此由我、法露法與夏露夏姊妹，以及載我們去的萊卡四人出面。

我們四人走在森林中的細長小徑上。

這條狹窄登山路上幾乎沒有人。四周也生長茂密的樹林，視野不太清楚。毒氣濃度應該也比大史萊姆那邊更低，但可能有迷路的危險。

「究竟是什麼樣的女孩呢～？會不會和法露法與夏露夏相似呢～？」

「完全不知道。過度期待是忌諱。甚至懷疑對方是不是人的模樣。」

我認為對方不至於像夏露夏所想的那麼誇張（畢竟她自稱邊境伯），但是我們對她一無所知也是事實。

「希望能友好地對話。畢竟前例只有法露法和夏露夏妳們兩人，只能主動出擊了。」

萊卡的表情也帶有不安的神色。這是很自然的。

「總之見了面就明白。唯有這一點是確定的。」

為了讓自己放心，我也這麼說。

「差不多到了法露法與夏露夏以前住的小屋囉。」

「以前和姊姊兩人靜靜地住在這裡。」

意思是我們已經逐漸接近目的地了嗎？

在我們穿過轉角後，視野一口氣開闊。

眼前聳立著一座堪稱雪白宮殿的豪華宅邸。

「竟然會有這種事！」

我忍不住發出讚嘆的驚呼。

之前聽說明明是小屋，現在變成貴族居住的大豪宅……

「嘩……」

法露法在驚訝之下發出怪聲。

「法露法與夏露夏以前住的小屋變成城堡了……究竟發生了什麼事……？」

當然會驚訝了。連沒住過的我都嚇了一大跳。

「埃迪爾邊境伯應該就在裡面。現在不是害怕的時候了。」

夏露夏似乎有幹勁。

「可是夏露夏，住在這裡的好像是大人物喔？沒有得到允許可以進入嗎？會不會被轟出來？」

現在的心境完全不是準備要見妹妹。

即便如此，我們也不能就此退縮。必須查明謎團才行。

「對方是史萊姆妖精，會感同身受的。首先應該去看看，一切都由此開始。對話才是關鍵。」

只見夏露夏大跨步走向豪宅。

哦，今天的夏露夏很勇喔！

結果從豪宅大門旁衝出巨大的白狗。

然後在夏露夏的面前吼叫「嗚～～～！汪！」，好像是看門狗。
「……戰略撤退也很重要。」
夏露夏很乾脆地掉頭折返。嗯，狗的確很可怕。
身為母親，現在應該適時出馬。
「交給我來，夏露夏。」
我來到白狗面前，緊緊盯著狗的眼睛。
「汪，汪！」
盯～～～
「汪……汪、汪……」
盯～～～
「嗚～～～……」
結果狗一翻身露出肚子，對我展現服從的態度。
呼，順利解決。乖巧的狗最可愛了。
動物會感應到自己與對手的力量差距，所以牠可能知道我是不可以攻擊的對象。
「哇！媽媽好厲害！一點也不會輸給狗狗呢！」
「連破壞神都會掉頭逃跑。」
這不是誇獎媽媽的話吧。其實這也無可奈何……

「好，現在可以進去啦。」

我伸手敲了敲門。

這麼大的房子，不知道敲門能不能讓對方注意到，可是撞開也不妥。

沒有反應。其實早就預料到，對方不會立刻接見我們。

「媽媽，門的旁邊貼著告示喔。『禁止推銷　未經許可禁止進入　小心看門狗

若是糾纏不休將會報案』。」

看來對方不願意會客。

「沒關係，我們又不是推銷員。嗯，門似乎沒上鎖，走吧。」

於是我打開門。

結果突然冒出一隻白老虎。

「吼嘎————！」

白老虎對我們吼叫威嚇。

「居然還有這種的喔！」

不過同樣是動物，就可以用相同方法避免開打。

我緊緊盯著白老虎。

白老虎依然吼了一段時間——但是過了二十秒。

「…………喵～！喵！喵！」

只見白老虎以臉磨蹭我的腳。

ＯＫ，搞定。Power 才是正義，力量 is Justice。

「好，回去吧。你已經很努力了，主人應該也不會責備你。」

白老虎跑進位於建築物中，寫著「小白的家」的巨大盒子裡。連飼養方式都與貓一樣啊。

不過小白這個名字好像狗呢……

「媽媽好厲害！連老虎都變乖巧可愛了呢！」

「這才是真正的百獸之王。」

女兒稱讚的用詞，聽著感覺有點複雜。

「豪宅似乎有嚴密的警衛，但還是往前進吧。另外……保險起見，萊卡可以在外面待命嗎？如果我們完全沒出來，就聯絡高原之家或別西卜她們。」

這樣應該更安全。若只要保護兩個女兒，我一個人就足夠了。

「好的，亞梓莎大人，吾人明白了！吾人就和那隻看門狗玩耍等待吧。」

從她的反應看來，萊卡很喜歡寵物呢……

也不好意思讓她空等著我們，這樣正好。

留下萊卡的我們三人進入宮殿內。

建築物內只有向後方延伸的細長走廊。
該說這是迷宮嗎，像是用來殲滅入侵者的結構。
看不出這種設計考慮過居住者的便利性。
就在走廊呈現九十度轉彎的死角之處，察覺到有東西的氣息。
我悄悄繞過轉角探頭一瞧，只見一條白蛇不斷吐舌。
牠倒是沒有咬人，這條蛇原本的習性就十分溫和吧。
「到底有多喜歡白色啊！」
我開始不明白這究竟是守衛還是寵物了。
另外白蛇的眼睛水汪汪，非常可愛。
連不怎麼喜歡蛇的我都想摸摸牠的頭。
再度呈現筆直的走廊，彼端有一扇門。
「媽媽，開門的時候要小心一點喔！」
「在開門之前，無法觀測房間內部的動靜。裡面可能有任何事物。」
的確，依照目前的局面，出現任何東西都不奇怪。
房間內有一隻白熊。
「到底是怎麼弄到白熊的啊!?在森林裡根本找不到吧!?」
我在這個世界也是第一次見到。

白熊根本沒有攻擊我們。

因為我立刻以冰雪魔法讓房間變涼後，白熊顯得十分開心。牠果然喜歡涼快的地方……

「好大的熊熊呢～」

「好柔順的毛皮，頭腦似乎也很聰明。夏露夏也想養。」

兩個女兒見到白熊也十分開心。法露法拜託白熊讓她騎肩膀。氣氛好像動物園的動物交流廣場，不過交流廣場要是有熊就嚇人了。

「哇～！好高，好高喔～！」

「法露法，我們還要往前走，從熊熊身上下來吧……」

打開白熊房間的門，見到通往二樓的螺旋階梯。意思是要往上走就必須通過白熊房間嗎？一樓似乎完全呈現迷宮的結構。

二樓啊，終於可以見到席羅娜了嗎？

不過說真的，這裡的確住著怪人，想見對方的心情一點一點地冷卻……

當然，我們可不會回頭。

就算女兒誤入歧途，母親也多少有責任。

可是此地的主人似乎對入侵者相當不留情。

走上樓梯的途中——從二樓發動了攻擊。
白色的東西朝我們飛過來。
可別小看我的察覺能力。
「法露法，夏露夏，稍微待著別亂跑喔。」
我站在兩人面前承受攻擊。
起先我以為是白色的東西飛過來，但似乎是白色的石頭丟向我。
劈劈啪啪有些疼痛，但對我效果微乎其微。
「這種打招呼也太過分了吧？哪有這麼不講道理的。」
我仰頭一瞧二樓，只見站著一名身穿白色洋裝的少女。
說是少女，其實外表和我差不多。
「什麼！這樣還打不贏嗎……？真是危險的敵人啊……」
少女似乎也相當焦急。
「妳就是席羅娜吧？我們不打算危害妳，只是來找妳而已。可以聽我們說話嗎？」
「嗯，可以。」
少女點了點頭。
太好了。這樣暫時就解決了吧——結果是我太天真了。
「但是妳得在白色牢籠內開口。」

這次在我們四周出現像是雪白柵欄般的東西。

可以肯定這是相當高等的魔法。

「在這座白色牢籠中完全不能使用魔法。如此一來妳也——」

我一拳打在柵欄上。

柵欄頓時扭曲變形。同時魔法可能也失效，整個柵欄跟著消失。

「什麼！竟然以物理手段破壞了白色牢籠！這實在太沒常識了！」

不好意思，我對這方面的力量很有自信。

「唔呶呶……怎麼會有這麼凶惡的非法入侵者啊……」

白色洋裝的女孩見到魔法無效，似乎相當焦急。

否則就不會嘴裡嘀咕「唔呶呶」了。

話說回來，她能使用這麼高等的魔法，真的是最近才誕生的史萊姆妖精嗎？我甚至懷疑她已經活了幾百年。

「我沒有危害妳的意思，讓我說兩句話。」

「究竟有什麼事？難道妳想說妳是我的母親嗎？」

「啊，對，妳說得沒錯。」

她馬上說出了正確答案。

一臉狐疑的洋裝女孩露出不解的表情。

呼，這次終於搞定了吧。

——結果我又太天真了。

「哈哈哈！哈哈哈哈哈！妳果然是騙子吧！真是可惜，我是史萊姆妖精，所以根本沒有母親！」

哇咧！反而招致她的懷疑了！

「妳想騙我『我是妳生別的母親。因為我盜用公款，需要三千萬戈爾德以免被告，希望妳借我錢』對不對！我才不會上妳的當！」

怎麼這麼像劣化版的轉帳詐騙啊！

何況生別的母親這種人設幾乎派不上用場吧。詐騙目標有生別母親的機率實在微乎其微，而且母親盜用公款的設定也太離譜了……

「不好意思，母親盜用公款聽起來太離譜了。好像腦袋不好的騙子會使用的藉口呢。」

「拜託，我也覺得很扯好嗎！我才沒有這麼笨！而且我也不是騙子！」

被她當成等級超低的騙子也非我所願。

「等著被純白的雪埋住吧。大風雪！」

女孩以右手朝向空中，流利地描繪某些線條。

如果這等同於魔法陣的話，那她可是相當高等的魔法師。

從魔法陣颳起極為強烈的暴風雪，迎面撲向我們！
「媽媽，好冷喔！」
「冷得耳朵好痛……」
我一點都不在乎，但是法露法與夏露夏兩人卻十分難受！
「快躲在媽媽身後！」
於是我迅速站在兩人面前，擋住風雪。
可是雪以驚人的速度堆積。
我甚至覺得這魔法是用來打造人工滑雪場的。
轉眼間，我們所在的螺旋階梯底下一層已經埋在雪中。
連我身上也積了不少鬆軟的雪。
法露法和夏露夏都一直忍耐。還好兩人似乎沒有受害。
唔！雪跑進背後了！好冷！
可惡的席羅娜……竟然出手這麼狠……
「呵呵呵，被銀白色的雪埋住了吧。白色果然很漂亮，所有事物都應該呈現一片白色才對。」
傳來席羅娜自豪勝利的說話聲。
在她眼中也因為風雪而看不見我們的動靜。

她還真是偏好白色啊。可以確定她是怪女孩。

「總有一天，我要以白雪封閉整個世界，讓一切染成白色，這就是我的夢想。萬物都是白色，白色，白色。這才是受到祝福的世界！」

她的思想比某個魔王更加危險……

不過來到這裡或許時機正好。

如果自己的女兒（雖然不確定能不能這樣喊）正在計畫惹麻煩，那就必須阻止她。

我從被埋住的雪堆中跳出來。

她也露出出乎意料的表情。

「不好意思，這點程度根本無法困住我。」

「什麼！竟然有這麼不乾脆認輸的騙子！」

就說我不是騙子了啦！

「要當騙子就該模仿華麗的白鷺才對。」（註6）

這時候就別賣弄文字遊戲了。

既然是魔法師，只要趁虛而入就有機會對付她！

註6　日文的白鷺意同騙子。

我在她的正前方一著地——

立刻從正面緊緊摟住她的雙肩。

「妳啊，再怎麼說都太過分了。如果我是普通人的話，早就出事了耶。」

「一般人怎麼可能克服白虎與白熊呢。」

她這麼說好像有道理……

「唔啾啾……可惡的騙子……就算妳打倒了我，也會有第二、第三個我將這個世界封閉在正確的純白世界中……」

這種發言比較像壞人喔。

「好啦，該認輸了。」

「嗯。我席羅娜身為史萊姆妖精，已經達成該做的事情。結束沒有絲毫汙點，清白廉明的人生也不錯。」

剛才明明說出那麼龐大的野心，哪來的清白廉明啊！

比起知道自己是壞人，自詡正義夥伴的人果然比較危險。我終於親身體會。

「好，給我個痛快吧！」

叩。

我以額頭碰向她——席羅娜的額頭。
當然，不是足以撞碎岩石的頭搥，力道十分輕柔。
「稍微反省一下吧。」
「什麼……只有這樣而已嗎……？」
見到她按著額頭，應該滿痛的吧。其實我下手已經很輕了。
「我的身分算是妳的母親，所以責備妳也是我的工作。」
「母親……果然是『我是母親，女兒快救我』詐騙嗎……」
別再提那個聽起來很沒用的詐騙了。
「妳也是史萊姆妖精吧？那就和法露法與夏露夏一樣呢。」
這時候法露法從雪裡跳出來。
「夏露夏與姊姊法露法是先誕生的史萊姆妖精。論排行算是席羅娜妳的姊姊。」
「史萊姆妖精……？記得大史萊姆說過，我有兩個姊姊……」
看這情況，席羅娜似乎也終於相信了。
「想不到連『我是史萊姆妖精姊姊，妹妹快救我』這種詐騙都出現了……」
我真想知道這種詐騙藉口除了妳以外，還會對誰有效。
另外守護靈開口借錢的成功率還比較高吧。
席羅娜緩緩接近法露法與夏露夏，伸手分別搭在兩人的一邊肩膀上。

「也對，妳們兩人似乎的確是史萊姆妖精。」

席羅娜的表情帶有淡淡的笑容。

「還有雖然很輕微，身體可以感受到史萊姆時的彈性。」

不知道她是怎麼分辨的……但可能有些史萊姆妖精才能相通的事物。

好不容易才讓她相信我們不是騙子。

「而我們的媽媽，就是這個人！」

法露法伸手朝向我。

「媽媽在三百年內不眠不休，孜孜矻矻地持續狩獵史萊姆，夏露夏和姊姊兩人才會誕生。」

夏露夏補充說明。

「這些事情我也聽大史萊姆簡述過。原來如此，個中原因是這樣啊。這麼一來，妳們早點告訴我不就好了嗎？」

我心想還不是妳不由分說攻擊我們，但我勉強忍著沒說出口。

「抱歉給妳們添麻煩了，兩位姊姊。我是埃迪爾邊境伯席羅娜，史萊姆妖精妹妹。是從各地受到狩獵的史萊姆靈魂凝聚而生，所以兩位毫無疑問是我的姊姊。」

席羅娜鄭重地像貴族一樣問候。

雖然她的個性十分衝動，但似乎也有大小姐般的氣質。

「至於這一位是——」

「高原魔女亞梓莎，這樣聽得懂吧？我是狩獵史萊姆長達三百年的魔女。」

「嗯，我知道。妳是兩位姊姊誕生的原因，所以在我看來——」

看來新女兒誕生了呢。

「——就是乾媽吧。」

「咦……乾媽……？」

是母親沒錯，聽起來卻有一抹寂寞。

至少提不起與女兒感人重逢的心情。

「是啊。我誕生的原因不只是妳狩獵的史萊姆。這只是無數要素的一小部分。所以很難說妳的存在是直接成因，不足以讓我喊妳媽媽吧。否則世間萬物全都是我的父母了。」

「嗯，我明白妳的意思……」

「這種『我和妳共存於同一個宇宙，救救我』的詐騙歪理可是行不通的。」

「這已經不是詐騙，而是單純的勒索吧。」

「話雖如此……」

這時候席羅娜輕咳一聲，視線朝上盯著我的臉瞧。

「既然妳是姊姊的媽媽，那麼視為乾媽是很正常的。所以我就稱呼妳為乾媽吧……」

噢，有一部分是因為她難為情嗎？

畢竟稱呼第一次見面的人「媽媽」還緊緊摟住才奇怪吧。

「嗯，這個妥協剛剛好。」

「那麼機會難得，兩位姊姊與乾媽，請到會客室來吧。」

狩獵史萊姆三百年多一點。

終於連乾女兒都有了。

◇

會客室也是一片純白色。

她似乎非常堅持白色。席羅娜這個名字在這個世界應該沒有白色的含意，可能只是興趣與名字單純一致吧。（註7）

註7 席羅（shi ro）在日文中意為白色。

席羅娜端出我們幾人的茶。
她現在的舉止完全就是貴族大小姐。
我也找萊卡進來，四人與席羅娜圍坐在桌子旁。
「對了，為什麼妳會使用魔法？而且還有這麼豪華的豪宅？」
一旦進入對談階段，就冒出好幾個疑問。
「乾媽，問題麻煩一個一個問好嗎？」
她對我微妙地保持距離……
態度也顯得冷淡，真的很有乾女兒的感覺。
「首先關於魔法。有位魔法師史萊姆名叫摩蘇菈，在托姆利亞納州的莫達迪亞那山興建工作室居住。我曾向對方拜師學習。」
「竟然在那種地方有史萊姆的人脈啊！」
摩蘇菈是以前法露法變成史萊姆的模樣變不回來時，尋找解決方法之際遇見的魔法師史萊姆。由於她的容貌是十五歲左右的女孩，沒意識到她是史萊姆。
「我說想學習魔法，大史萊姆便告訴我該找誰學。」
該不會只要詢問大史萊姆，就能弄懂很多史萊姆的事情吧……
「前去拜師的途中見到一片銀白色的大地，至今依然記憶鮮明。真是太美了呢。世界果然應該一片白色才對。」

從那時候就已經開始追求白色了啊。

「在摩蘇菈小姐的指導下，我在短時間就學成出師，然後以魔法師的身分獨立。」

然後席羅娜喝了一口自己的茶，連小動作都有上層社會的感覺。

「話說這棟豪宅究竟是怎麼蓋好的？」

席羅娜將手冊之類的東西放在桌子上。

> **這位冒險家真厲害！**
> **新人部門 第一名**
>
> **埃迪爾邊境伯席羅娜**
>
> 評審意見
>
> 「雖然來路不明，但是實力無可厚非。可能有更上一層樓的空間。」（奧爾加尼亞州公會長）
>
> 「堪稱神聖的容貌，讓人對冒險家的印象煥然一新。」（王國公會中央委員）
>
> 「實力讓人無法對她自稱邊境伯的傲慢嗤之以鼻。」（王國公會理事）
>
> 「呼、哈……席羅娜妹妹的內褲也是白色的嗎？」（冒險家店鋪　鐵鋼屋社長）

「原來當冒險家小有成就啊！」

原來身為成功的魔法師，也能當冒險家賺錢啊。

不如說這才是正當的賺錢手段……

還有，其中有個裁判似乎很變態，但還是別招惹這個麻煩吧。

「我賺了不少錢，獲得成功。所以才決定改建成以白色為概念的家。」

「與其說改建，拆掉小屋蓋成宮殿比較準確吧……」

「小屋當時幾乎是空的，不過裡面的相關用品全都保管好了。之後麻煩姊姊確認一下。」

這方面倒是滿機靈的。

「事情夏露夏明白了。妹妹已經成為優秀的冒險家，身為姊姊感到很驕傲。」

夏露夏似乎已經完全將席羅娜當成了妹妹。

「今後也將夏露夏當成姊姊吧。會有幫助的。」

嗯，可以感受到夏露夏真的很喜歡當姊姊呢……

「好的！席羅娜，多多指教喔！」

法露法的反應一如之前的預料。畢竟她的天性就是不會拒絕任何人。

「嗯，我也希望向兩位姊姊請教身為史萊姆妖精的必要知識。」

有點麻煩的是，席羅娜的外表比較像姊姊。

「所以說，席羅娜，法露法姊姊有個提議！」

法露法眼神充滿期待地開口。

「席羅娜要不要也搬來高原之家住？」
對喔，想和妹妹住在一起是很自然的。
高原之家還有空房間，現在就算多一人也沒什麼問題。
夏露夏似乎也在意席羅娜的回答，視線緊盯著她。
我也很緊張，以鼻子深呼吸一口氣。
「雖然機會難得，但我有自己的家，我要在這裡生活。兩位姊姊和乾媽住在家裡吧。」
結果被她鄭重拒絕了！
而且乾媽這個稱呼果然很沉重。
「高原之家位於南堤爾州吧。那裡很和平，也沒什麼冒險家的工作，不適合我現在的生活。」
對喔，她已經具備獨立的基礎了。
「所以我沒辦法與乾媽一起生活。」
「可以不要使用乾媽這個詞嗎……？稱呼我的時候喊媽媽好不好？」
聽得我很有壓力耶。她每喊一次我就產生距離感。
「我偶爾也會去乾媽家玩耍，兩位姊姊敬請放心。」
就說別喊了啦……她是故意的吧。

© Benio

不過，此時席羅娜的表情略為緩和。

「當然，妳們來這棟豪宅玩也可以。」

「好～♪」

「明白。」

兩個女兒很有活力地回答。

我也多了個可愛的乾女兒，可以感到高興了。

「嗯，有機會我也會來玩的。」

席羅娜沉默了一段時間。

「好好好，歡迎妳，乾媽。」

口氣依然有點冷淡，但還是答應。

或許當乾媽同樣很有趣也說不定。

回程我們和白熊一起玩耍。

可能因為席羅娜颳起風雪，白熊十分開心。

桑朵菈長出了帽子

咻——！咻——！呼咻————！

「媽媽，好可怕喔……是暴風雨……」

「好乖好乖，媽媽陪在妳身邊。法露法就當作乘坐大船一樣，待在媽媽身邊就好。」

我拍了拍緊緊摟住我的法露法的頭。

因為南堤爾州颳起了暴風雨。

高原之家在略高的山丘頂端，完全沒有遮擋暴風雨的事物，因此承受了所有的風勢。

窗戶喀噠喀噠響個不停，也難怪法露法會害怕。

但是我卻很冷靜。

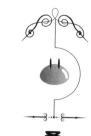

因為我早就習慣了。

活了三百年，即使是五十年一遇的狂風暴雨，算一算也經歷過六次。若是十年一度的風暴，理論上我已經經歷了三十次左右。
　換句話說，大多數暴風雨我都會知道，今年的風雨與去年最強的風雨大致相等。以及風雨過境應該不會造成損害之類。
　至於雙胞胎妹妹夏露夏——
「夏露夏要冥想，驅除恐懼。」
　如此表示，坐在椅子上閉著眼睛。
「風勢嘯嘯，野草中也有些草會枯萎。但是新的種子同樣會迎風飛起，落地生根。一切事物會如同颳風般改變。重點在於不要違抗變化，而是接受變化。」
「聽起來很有哲學氣息，但是冥想中可以說話嗎？」
　夏露夏緩緩搖了搖頭。
「認為沉默不語就能進入更深層的冥想狀態，這種先入為主的想法很膚淺。真正的隱士在喧囂中依然能找到答案。所以也可以一邊說話一邊冥想。」
　這等於怎麼說都有理吧……
　但她在這場風雨中穩如泰山，代表夏露夏的精神力很堅強。
　可是夏露夏這番話中，有一部分不太吉利。
　她剛才說有些草會枯萎吧。
　這本身只是陳述單純的事實，可是我們家也有植物棲息。

「桑朵菈沒事吧……？她好像還在外頭……」

她不像我和萊卡，不具備強韌的身體。

該不會被狂風吹得七零八落吧？

既然她能活動，應該不會故意逞強。不過保險起見，或許應該強迫她進入房子內。

「啊～我剛才去確認過了，似乎沒事喔。」

幽靈羅莎莉從二樓穿過天花板下來。

另外羅莎莉呈現頭朝下的姿勢。她似乎不會腦充血，應該接近某種無重力狀態吧。

「她好像將身體隱藏在土壤中，所以可以承受風雨。還說相較於有捕食者的環境，狂風根本不算什麼。」

「噢，太好了。還有羅莎莉也很厲害呢，可以不受狂風確認外頭的情況……」

幽靈的能力也相當厲害。今後也拜託多多幫忙啦。

「大姊，真要說的話，還有其他的問題……」

這時候羅莎莉的面色變得凝重，原來幽靈也會有神情變化。

「咦，怎麼、怎麼了……？難道房子損壞了嗎……？」

這點風勢應該不足以吹壞房子。當初萊卡增建時已經依照龍族的標準增強結構了。嗯，應該沒問題……

但是這時候，萊卡慌張進入房間。

「亞梓莎大人，暴風雨造成麻煩了！」

「不會吧!?該不會是漏水!?」

從側面颳的風雨很容易漏水呢。應該說，希望只是這種小問題……

「芙拉托緹興奮地跑出去玩了！」

「她是小孩子喔！」

原來她會因為風雨而興奮不已啊。

「在暴風雨中飛行，龍的鱗片會受損，所以不太好。就算維持人的模樣跑出去，衣服也會弄髒。她實在很傷腦筋呢。」

芙拉托緹這時候肯定喊著「在風雨中飛行好爽喔！」痛快地玩耍吧。

反正她絕對不會有性命之憂，無妨。

另外過了三十分鐘後，頭髮亂七八糟的芙拉托緹回來了。

「哎呀～颳起暴風雨果然讓人想出去玩呢！主人下次要不要也一起去呢？」

「恕我全力拒絕。」

類似一有大波浪來襲，衝浪手就想去海邊的興致。雖然我沒有朋友是衝浪手，不確定是否有人會有這種興致。

「芙拉托緹，趕快去洗澡吧。妳的頭髮睡醒亂度足足高達八十級呢。」

她的頭髮完美地反重力。

「下次以更高的等級為目標吧！」

別鬧了。

附帶一提，芙拉托緹洗好澡後輪到我——

「到處都是雜草和葉片……」

但是更衣室一片狼藉。她可能脫衣服的動作也很粗魯，連牆上都黏著葉片。因為這裡不是露天浴池，不需要這種野性。

連浴池都漂浮著葉片與雜草，好像藥草浴。

我還確認過一番，但沒有任何有療效的草葉，所以這不是藥草浴，而是雜草浴。

「明天讓芙拉托緹打掃吧。這是芙拉托緹的錯……」

搞了半天，暴風雨還是對我家帶來了損害。

不過浴池內漂浮大量葉片，代表……我心想，她剛才不至於光著身子跑來跑去吧？呃，這個，就當作她以龍族型態飛行後才變回人類型態吧。這樣草葉就會黏在她身上，嗯……

其實暴風雨也有好處。

即使到了就寢時間，風勢依然有增無減，所以可以和害怕的法露法一起睡覺。太棒了！

「媽媽，房子一直喀噠喀噠地響耶……」

「別擔心～慢慢地數羊吧。法露法或許數史萊姆比較合適。」

「嗯，就這樣吧。一隻史萊姆，兩隻史萊姆，但是與原本的史萊姆合體後變成一隻。又來一隻史萊姆，合體後還是變成一隻。」

「這樣不論怎麼數，永遠都是一隻吧……」

法露法緊閉眼睛，但似乎還有些不安，身體十分緊繃。反正總會冷靜下來吧。

「夏露夏在冥想中睡覺，好厲害喔。法露法沒辦法呢。」

怎麼說呢，那應該只是單純地睡著吧……

芙拉托緹回來之前，夏露夏就已經進入夢鄉，所以我將她抱到房間的床鋪上。某種程度上，她戰勝了暴風雨的恐懼。到時候就誇獎她相當厲害吧。

最後過了十五分鐘左右，法露法也開始發出可愛的呼聲。睡意似乎比恐懼更強烈。

「嗯，這樣就對了。到了明天早上，暴風雨肯定也會離去。」

雖然很想一直注視女兒的睡容，不過熬夜傷肌膚，於是我也決定就寢。

◇

隔天早上。

我在舒爽的朝陽中醒來。

暴風雨似乎在一個晚上就遠離了。

這都在我的預料之內，也知道風雨的移動速度很快。

「今天散步應該很舒服，空氣中的塵埃應該都吹跑了。」

感覺身體有點重，原來是法露法緊緊摟住我。

讓女兒依靠是好事，這是身為母親的願望。

「法露法，起床囉，早上了。外頭天氣很好喔。」

我緩緩搖了搖法露法。

「啊，媽媽……暴風雨呢？」

「妳看看外頭就知道了。」

「暴風雨……已經停了！天氣放晴了！」

法露法從床鋪起身，隨即開心地蹦蹦跳跳。
連雙手都高舉，像是贏得某種勝利的人。
「感覺就像解決了很難的證明題呢！法露法要去外面！去抓螳螂回來！」
「嗯，去吧。」
不知道她的言行究竟像小孩還是像大人，但可以肯定很有她的特色。活出自己才是最好的。
「早餐要花一點時間才能準備好，去玩吧。早晨玩耍可以看見不一樣的景色，或許會很有趣喔。」
「嗯，法露法要找夏露夏，一起出門！桑朵菈小姐……她似乎討厭螳螂，所以就兩人一起去吧！」
桑朵菈是植物，她討厭很多蟲子。
不過衝出我的房間後過了兩分鐘，法露法又跑回來。
從她垂頭喪氣的模樣，似乎出了什麼問題。
「怎麼了？夏露夏還在睡嗎？」
「夏露夏說要進行早晨的冥想……」
「冥想變成她的自我流行了呢……」
有點害怕過沒多久，她會說要進修道院。

雖然由於夏露夏的個性，沒辦法兩人一起玩耍，但法露法再度活力十足地出門。好，今天早餐就為了法露法，煎個美味的香腸吧。玩耍的過程中肚子應該也會餓。

不過就在我為了準備早餐，站在廚房的時候——

「嗚哇～！媽媽，不得了，不得了，不得了！」

法露法再度飛奔回家中。

「怎麼了嗎？難道風雨颳來了可怕的東西嗎？」

「不，不是那個意思。」

法露法輕輕搖了搖右手否定。

「桑朵菈小姐……桑朵菈小姐她……」

這句話聽得我心頭一緊。

桑朵菈該不會被風颳跑了吧……？

羅莎莉似乎說過，她躲在土壤內沒事。但她有可能大意而鑽出地表……外表是小孩子的桑朵菈體重有限。若是昨天的暴風雨，一不小心有被吹跑的危險。

不，這種時候更要冷靜才行。我如果神色慌張，法露法也會不知所措。

我等待法露法繼續說。在那之前什麼都無法決定。

「桑朵菈小姐她……長出帽子了！」

「啊？」

若要問我到底懂不懂，答案是完全聽不懂。

我知道戴上帽子這種描述。

但是長出帽子是怎麼回事？

我盡可能試著合理地解釋。

「桑朵菈是不是撿了從哪裡飛來的帽子戴？」

帽子有可能順著那場暴風雨飛到高原之家。

「不是的，是桑朵菈小姐長出了帽子。」

合理的解釋遭到粉碎。

似乎不是比喻，而是她真的長出了帽子。

我還是有點難以置信……即使我不想懷疑法露法，但帽子並不是長出來的。活了三百年的我從來沒有長出過帽子。我的魔女帽始終是戴在頭上，不是長出來的。而且要是長出來可就脫不掉了。

世界上可能有「長出帽子」這種我沒聽過的慣用語吧。
「法露法，媽媽到外頭看一下。」
只要見到桑朵菈本人，謎題就能迎刃而解。就讓我親眼見識吧。
我前往桑朵菈平時栽種的菜園。
好，讓我看看是怎麼回事。
「早安啊，桑朵菈，昨天的暴風雨會不會很可——噗呼！」
我忍不住嗆了一下。

她真的長出了像帽子的東西！

說是帽子，其實像江戶時代的人頭戴的手工草笠。
這是怎麼回事？我繞到桑朵菈身後。
從脖子附近伸出類似棒狀物，這些棒子支撐頭上類似帽子的東西。
可能是蘑菇的近親吧……
由於我走近，桑朵菈也注意到我。
「早安，亞梓莎。妳的神色不太好，是因為昨晚的暴風雨？」
「這、這個……我一點都不怕暴風雨，但是神色不好也不能說和暴風雨無關……」

「呣，好含糊的回答。」

「欸，桑朵菈，妳對帽子有興趣嗎？」

「沒有啊，為什麼一大早問我這種問題？還有我沒什麼興趣，從來沒想過要帽子。」

從她的反應來看，她完全沒注意到呢。

「桑朵菈，妳看一看鏡子。」

「什麼啊，難道狂風將葉片的部分吹得亂糟糟嗎？那怎麼不說清楚呢。這只會讓我在意而心神不寧吧。」

始終帶有些許誤解的桑朵菈進入高原之家。

過沒多久——

「怎麼長出了東西啊！」

響起她的尖叫聲。

嗯，連桑朵菈都大吃一驚呢……畢竟連我和法露法都不知道該怎麼應對……

◇

「哇~長出了相當罕見的蘑菇呢~」

後來決定讓十分了解蘑菇的哈爾卡拉診斷。

桑朵菈坐在飯廳的椅子上。哈爾卡拉在她身邊不斷抬頭低頭，檢查帽子型的蘑菇。

「毫無疑問，這是叫做曼德拉草帽子的蘑菇。非常珍貴喔。」

「好像為了這種情況而現編的名字喔！」

可是地球上也有蘑菇名叫猴板凳或狐狸繪筆（竹林蛇頭菌），或許有曼德拉草帽子這種蘑菇也不奇怪。

「這種蘑菇只會從曼德拉草身上長出來。這附近並非曼德拉草生長的地區，所以照理說不會長出這種蘑菇。或許是暴風雨吹來了菌絲吧。」

「暴風雨果然颳來了不少東西呢……」

即使我當了三百年魔女，但是植物的世界依然充滿未知。啊，蘑菇不是植物的近親嗎？不過真菌類的世界也算魔女的專業範圍，所以無妨。

「欸，哈爾卡拉，這種蘑菇對我有什麼影響嗎……？」

桑朵菈不安地詢問哈爾卡拉。

對她本人而言，這肯定是最在意的事情。

「嗯，曼德拉草帽子這種蘑菇呢，會從曼德拉草身上吸收養分成長，然後散播孢子。所以，這個……終究只是一般情況，一般情況喔？桑朵菈小姐這樣可是前所未有的例子喔？」

哈爾卡拉特別再三囑咐。

「趕快說就對了啦！我很在意耶！吼——！」

生氣的桑朵菈發出獅吼，好久沒聽到這聲吼叫了。

「最壞的情況是，遭到寄生的曼德拉草會枯萎。」

「呀——！喵、喵呀——！」

桑朵菈嚇得發出貓的叫聲!?

然後直接緊緊摟住我，身體不停發抖。

「好可怕，好可怕……要是枯萎該怎麼辦……」

另外蘑菇的部分頂著我的肚子，感覺好難受……

昨天被法露法摟著，今天換桑朵菈了嗎？不過桑朵菈的情況不是害怕暴風雨可以比擬的。

「就說是一般情況了啦！像桑朵菈小姐這樣能自由前往有營養地點的曼德拉草，可以吸收的營養比蘑菇搶走的量更多。而且蘑菇還可以摘掉啊！」

「啊，哈爾卡拉說得對。」

一般植物遭到蘑菇寄生的話，可沒辦法說「蘑菇好礙事，我要拔掉」，也沒辦法逃跑。

在這一點上，桑朵菈可以自行解決。

「也對……我應該不要緊吧……太好了……」

桑朵菈摸摸胸口鬆了口氣。

「另外曼德拉草帽子之所以外形像帽子，似乎是為了遮住光合作用的必需日光，讓曼德拉草枯萎。」

「真是惡質的蘑菇，簡直就像惡魔一樣。」

看在桑朵菈眼中與惡魔無異。但是以蘑菇的角度而言，它大概會想說自己天生就這樣吧。

從特定植物的根部或枝幹長出來的蘑菇多到數不清。自然界就是弱肉強食。

「那就盡快摘掉這頂討厭的蘑菇吧。實在太可恨了。順便做成嫩煎蘑菇之類讓大家享用。」

我可不想吃從家人身上長出來的蘑菇。

「摘是可以摘掉，但如果硬拔的話，蘑菇的部分會殘留在桑朵菈小姐的身上。這麼一來可能又會長出來。」

「哇！感覺有點討厭……」

桑朵菈本來想按著頭，結果卻按到蘑菇。不愧是曼德拉草帽子菇。

但是從哈爾卡拉始終冷靜的模樣，似乎不用那麼害怕。

「還有，這種蘑菇有毒，所以不能食用。因為它是吸收曼德拉草的有毒成分長大。」

「討厭！說得好像我有毒一樣！吼──！」

桑朵菈向哈爾卡拉辯解。

「冷靜一點嘛！曼德拉草會當作藥材使用，是因為成分濃縮的話有可能具備毒性！這些成分會濃縮累積在蘑菇裡啦！」

「原來如此。意思是因為我有這種強大的力量，使用方式錯誤就會變成毒素呢。」

想法聽起來很誇大，不過將毒素成分描述成力量，其實也沒錯。

附帶一提，就是因為這些成分，桑朵菈以前才會遭到魔女追捕。

「就算摘除蘑菇，只要菌絲還殘留在桑朵菈小姐的體內，就有可能再度長出來。要動不殘留菌絲的手術，就得委託專門的配藥師。但是桑朵菈小姐，妳也不想動手術吧？」

「哈爾卡拉妳對蘑菇也很了解嘛。不能俐落地摘除嗎？」

聽在桑朵菈耳裡，似乎不太能接受。

我身為魔女，知道哈爾卡拉為何拐彎抹角地說明。
「我是蘑菇專家，但我對摘除蘑菇可不熟。」
配藥師也有各種專門領域。
就像醫生分為許多科目的專家一樣。
「還是要勉為其難讓我來嗎？要拔倒是拔得掉。」
哈爾卡拉害羞地指了指自己的臉。
「……抱歉，拜託妳的話多半會失敗。」
「妳的反應也讓我很受傷耶……但妳能理解是好事。不過呢，我覺得自己應該不會失敗，畢竟只是拔下來而已。」
「如果由妳拔下來，下次可能會長出兩頂帽子。」
「妳說得太過分了喔，桑朵菈小姐！」
說著不知為何批判哈爾卡拉的話，但看來沒辦法選擇摘除蘑菇。
「可是啊，那究竟該怎麼辦？意思是要一輩子戴帽子？我才不要呢。」
「不，不會的。只要忍耐到這頂蘑菇散播孢子為止。一旦散播後，蘑菇也會迅速枯萎。到時候菌絲也會萎縮。反正就算再度長出來，也不會持續太多次。到時候就不會再從桑朵菈小姐的頭頂長出來了。」
要過戴帽子的生活。

這就是哈爾卡拉的提議。
「這個蘑菇應該不會維持好幾十年吧？」
「頂多一個月左右。」
「當一個月的戴帽子角色嗎……時間有點長耶……正好在習慣帽子的時候脫落呢。」
我很明白桑朵菈的心情，但這應該說得過去。

於是桑朵菈開始過著戴帽子的生活。
一如預料，受到大家的注目。
「噗噗噗！這樣下雨就不用撐傘了，很方便呢。」
芙拉托緹立刻笑出來。
「什麼嘛！好啊！那我就趁雨天去買東西，宣揚蘑菇帽的便利性！」
桑朵菈惱羞成怒的方式也有點奇怪耶！不過倒是感謝她願意幫忙買東西。
「還有芙拉托緹，妳得打掃更衣室與浴池喔。因為全都是葉片。」
「咦……我以為葉片與雜草總有一天會枯萎耶……」
「那些葉片可沒辦法和蘑菇一樣等待，不行！」
弄髒的人就得負責打掃乾淨。

於是芙拉托緹搖著尾巴去打掃。不知道她會不會後悔在暴風雨中跑出去瘋。
另一方面，法露法與夏露夏一直撫摸桑朵菈的帽子。
「這頂帽子好可愛呢！」
「彈性適中。品質高級。」
「我倒是一點感覺都沒有。還有別說高級，根本就是平白長出來的。」
看來桑朵菈會比想像中更快適應帽子的生活。

◇

桑朵菈的帽子似乎也受到弗拉塔村村民的歡迎，部分村民還幫她取了「帽子妹妹」的綽號。
可是那頂帽子總有一天會消失，到時候就不知道這個綽號的由來了喔。
比方說以「包包小姐」稱呼拎著特色十足包包的人。哪天她如果兩手空空前來，不知道綽號由來的人應該會一頭霧水，懷疑她為何叫做包包小姐。
不過桑朵菈似乎變成了受歡迎的人物，還好吧。
過幾天後，桑朵菈似乎也對帽子產生了留戀。

「這孩子也想盡辦法在曼德拉稀少的土地上生長呢。這一點我同情它。」
可能因為是從自己的身體長出來，她似乎湧現了疼愛的心情。
即使坐在飯廳的椅子上，她也以手搭著帽子。
「雖然只是區區蘑菇，但還是努力加油吧。」
這時候就來個歧視真菌類啊……
「來，茶泡好了。」
萊卡將茶具組置於托盤上端來。下午的午茶時間即將開始。
「桑朵菈小姐不需要吧？」
「嗯，紅茶就免了。普通的水好喝得多。」
桑朵菈是植物，原則上不需飲食。水分是從根部吸收。
這時候，就座的萊卡露出奇妙的表情。
她似乎發現了什麼。
「唔，亞梓莎大人，有沒有聞到奇怪的氣味？」
「咦，有嗎？該不會是蔬菜腐敗吧……」
保險起見，我去廚房確認一番，卻沒看到有蔬菜受損。
這裡是高原，所以溼度與氣溫都不高，在衛生層面上相當安全。
「萊卡，食物似乎沒問題喔。」

「是嗎。雖然不是惡臭，卻有一種以前從未聞過的味道呢。」
龍族萊卡的鼻子可能很靈敏。
「附帶一提，究竟是從哪裡飄出這股氣味的？」
萊卡露出有些難為情的表情，同時視線一轉。
望向桑朵菈的帽子。
啊，萊卡從一開始就知道答案了嗎？
「咦？什麼？難道妳想說是我的錯？可以不要存心找碴嗎……」
桑朵菈急忙以雙手按住帽子。
呃，可是從情況證據來看，多半不會錯……
「話說回來，哈爾卡拉以前說過。部分蘑菇為了讓其他生物幫忙運送孢子，會散發吸引蟲子接近的氣味呢。」
「呃……我才不要蟲子接近……依照種類的不同，有些蟲子會大口啃食葉片……」
一旦蟲子聚集，即使不在意帽子，桑朵菈也會陷入麻煩。我也很討厭自己身邊老是有蟲子飛舞。
這頂蘑菇果然是麻煩嗎……
這時候——門口傳來咚咚，咚咚的敲門聲。
「究竟是誰啊。」

我前去一探究竟。

從敲門的聲音推測，應該不是冒險家跑來挑戰。

開門一瞧，只見諾索妮雅張開翅膀站在門口。

「哦，好久不見了呢。」

她是我無意間救過一命的爬行蟲，之後長大並長出美麗的翅膀，還登門報恩過。

「是的！之前感謝您的照顧！我是諾索妮雅企劃的諾索妮雅！」

諾索妮雅的問候很有社會人士風範。

「不好意思突然登門拜訪。我聽說這裡有散發美妙香氣的人，才特地前來拜訪呢！」

在我心想什麼是美妙香氣時，諾索妮雅已經拍動翅膀，飛向桑朵菈的身邊。

「啊，就是這個，就是這個！這香氣真的太棒了！好高雅喔！」

諾索妮雅從上頭不斷聞桑朵菈的蘑菇氣味。

「拜託妳不要聞別人的帽子好嗎！」

「這頂帽子對我們種族而言真是華麗又芬芳，身體會不由自主產生反應呢！」

「就叫妳別聞了啦！」

桑朵菈雖然不停掙扎，但諾索妮雅畢竟是魔族，力氣也大，被揪住的桑朵菈無力掙脫。不對，桑朵菈本來就沒力氣，與力氣強弱應該無關。

「原來如此，這是蟲子偏好的氣味呢……」

萊卡露出錯愕的表情凝視。

因為諾索妮雅並未造成危害，萊卡在猶豫是否該阻止。

「原來蟲子真的跑來了啊。」

對於蘑菇而言，目的不是讓桑朵莅變得更時髦，而是傳播後代，所以才會散發氣味吧。

「哎呀，很難得見到這麼漂亮的曼德拉草帽子菇呢。我出三百萬柯伊努收購，請問可以賣給我嗎？」

柯伊努是魔族的貨幣，大致上可以換算成等值的王國貨幣戈爾德。

換句話說，她想要以三百萬戈爾德買下蘑菇。

「三百萬？這麼值錢啊……？」

聽得桑朵莅不停眨眼。

「嗯，當然！要長出這麼漂亮的曼德拉草帽子菇，必須要有茁壯的曼德拉草才行，所以很難得長得這麼大呢。」

諾索妮雅露出陶醉的表情。似乎非常芬芳呢。

「當然，殘留在桑朵菈小姐脖子上的菌絲也會仔細去除。這一點我會雇用植物系魔族的專門醫生！」

植物系魔族就是仙女木族或艾納溫族之類吧……

「三百萬啊。嗯，三百萬嗎，那就考慮一下囉……」

桑朵菈露出狡猾的表情。

對小孩子而言，三百萬的確是一筆巨款。

這股誘惑肯定相當強烈。

「可以盡情購買最高級的水與肥料……呵呵呵，呵呵呵……」

「亞梓莎大人，難道不會對桑朵菈小姐的教育造成不良影響嗎……？從小就賺到這麼多錢似乎不太好……」

認真的萊卡似乎在意。形同桑朵菈母親的我也明白。

「可是要賣掉自己身上長出來的蘑菇，權利在桑朵菈身上呢。」

而且她就算奢侈，頂多也只會買水和肥料，其實也無所謂。如果她要拿這筆錢賭博，我當然會阻止她。

「那可以麻煩您在這張買賣契約書上簽名嗎？」

諾索妮雅迅速取出一份以魔族語書寫，像是契約書的文件。

「妳的準備也未免太周全了吧。蟲子就是這樣，才讓人覺得一點操守都沒有。」

桑朵菈，這句話有點歧視蟲子的意思喔。

「不不不，我可是諾索妮雅企劃的社長，才會隨時備妥契約書喔。上頭寫上您的名字，物品名稱填上曼德拉草帽子菇就可以了。」

雖然希望她在簽約前要詳細確認契約書內容，但如果只是買賣契約，應該不至於惹出麻煩。

「知道了。但是必須以我聽得懂的方式，告訴我魔族語的契約內容。否則嘴上說三百萬，結果變成三萬可就麻煩了。」

桑朵菈也注重金額，對這一點十分謹慎。

她在奇怪的地方十分成熟呢……不過簽約時多加留意是好習慣。

就在此時，門喀嚓一聲打開。

這次連敲門聲都沒有。

「請等一下！」

站在門口的是洞窟魔女艾諾！

「艾諾，拜託敲門一下好嗎……」

即使是朋友也該講禮貌。

「不好意思，前輩。因為聽到契約書的聲音，心想這樣下去會來不及，才會衝進來。」

© Benio

「照妳的說法，剛才豈不是在偷聽嗎——」

「細節麻煩稍後再說！」

艾諾來到桑朵菈面前停下腳步。

目標果然是桑朵菈（的蘑菇）嗎？

「哇！妳不是之前盯上我的魔女嗎……之前已經給了妳葉片，應該兩不相欠了吧。」

桑朵菈露骨地退避三舍。

使用許多曼德拉草調配藥物的艾諾，對桑朵菈而言的確堪稱天敵中的天敵。

「是的，以前真是不好意思。當然，今天前來的目的不是拿您當成藥材。想要的是這頂蘑菇！」

艾諾指了指蘑菇。

「什麼嘛，不要指我好不好。這樣很沒禮貌耶。」

「不，我手指的對象始終是蘑菇，不是您。」

指示對象還真容易搞混呢。

「這頂曼德拉草帽子菇對魔女而言，是極為高價的藥材！而且還是從傳說中的曼德拉草身上長出來的，價值會進一步倍增！肯定會水漲船高！」

「嗯，果然有這麼珍貴啊。」

我手扠胸前點點頭。

蘑菇不只吸引了蟲子，甚至連魔女都跑來了。

「亞梓莎大人沒興趣將那頂蘑菇做成藥物嗎？」

萊卡向我提出疑問。

畢竟我也是調配藥物的魔女。

還是先針對這一點稍作說明吧。

「要做成藥物很不容易，而且又不是生長在這片土地的蘑菇，手續特別麻煩呢。」

反正我又不缺錢，沒有非要那頂蘑菇不可。我可不是全心全意尋找珍貴植物或蘑菇的魔女。

「何況桑朵菈又不打算摘掉蘑菇，只能任其維持原狀。那頂蘑菇不是我們的，而是屬於桑朵菈的。」

「亞梓莎大人真是豁達呢。不為金錢所動這一點真了不起！」

「最大的原因是嫌麻煩啦……」

要運用不熟悉的蘑菇調配藥物非常麻煩。而且這種下次不知何時才能採集到的蘑菇，知識也無法沿用。

但當然會有想要蘑菇的魔女。

比方說眼前的艾諾。

「桑朵菈小姐，這頂蘑菇我願意出三百一十萬戈爾德收購！」
嘴上說得很闊氣，結果只比諾索妮雅多了十萬嗎？
雖然十萬戈爾德也是高價無誤，可是由於抬價方式，感覺很小氣。
「什麼！那邊的魔女，硬搶很過分耶！」
諾索妮雅對這種行徑抗議。
不停拍動翅膀是意見表述嗎？
「出更高價的人才能買到，這才是世間常理！蝴蝶魔族麻煩閉嘴！」
話說艾諾在做生意的時候，也會毫不留情地不擇手段。上一次搜索桑朵菈就見識過她的厲害了。即使對方是魔族也毫不退讓。
「沒辦法，那麼我出三百一十一萬柯伊努！」
「那我就出三百一十一萬一千戈爾德，怕了吧！」
妳們喊得很大聲，可是抬價抬得很吝嗇耶……
但是兩人（應該說兩間公司）寸步不讓，一點一點提升金額。
由於對手只有一個人，或許很難掌握棄標的時機。
從三百五十萬戈爾德（柯伊努與戈爾德的幣值大約相等，因此統一稱為戈爾德）喊到四百萬戈爾德，過了一個小時後——

竟然喊到了五百萬戈爾德！

可是兩人依然沒有退讓的打算。不如說可能因為頑強，導致難以找到退場時機。這方面或許很像賭博……

「可惡……以人類而言還真是難纏呢……」

「妳也是啊，原以為妳是蟲子而小看妳，結果挺有骨氣的嘛。」

※這番話聽起來好像戰鬥漫畫，其實只是相互較勁抬價而已。

當事人之一的桑朵菈露出非常開心的表情。

「呵呵呵，我賺到的錢愈來愈多了呢。唔呼呼，太棒了。去買世界最高級的肥料吧。」

嗯，完全被金錢蒙蔽了雙眼。

「明明什麼也沒做，光是賣掉自己長出來的蘑菇就有五百萬……哎呀，人生真是開心呢～」

天啊……明明之前還對帽子產生留戀，現在眼裡只剩下錢了！

「萊卡，妳剛才說得沒錯。由於扯上金錢，對桑朵菈的教育產生了不良影響……」

給小孩子幾百萬戈爾德這種鉅款，會帶來不好的結果。

「可是一如亞梓莎大人所說，這只是桑朵菈小姐在賣自己持有的東西，沒有吾等介入的餘地。」

「唔……真傷腦筋……」

如此一來，只好祈禱在金額飆升到離譜之前分出勝負了。

「這樣如何！五百五十萬！」

突然大幅哄抬了價格！

「噗哇！不愧是魔族，攻擊真是犀利呢……但是我也不會認輸。看我卯足全力一擊！六百萬！」

「嗚哇啊啊啊！竟然出六百萬……？威力真是不負洞窟魔女之名呢……」

※雖然很像熾熱的戰鬥，其實只是在房間裡互相喊價。

「好啦，怎麼樣，怎麼樣呢？我要賣給誰都可以喔～♪」

桑朵菈坐在椅子上，擺出傲慢的態度。

桑朵菈的個性好像也在如此短的時間內變壞了……

「對了。機會難得，也為了帽子，多提供一些營養吧。」

只見桑朵菈在臉盆內準備了以水稀釋的肥料液。

會管理自身營養的植物還真是厲害。

然後光著腳（嚴格來說是根部）伸進臉盆內。

「嗯，蘑菇再長得更漂亮一些。為我賺進大筆財富吧。」

這下變成了植物栽培蘑菇……

諾索妮雅與艾諾互相喊價的戰鬥，過了兩個小時還沒結束。

不，或許會讓人以為肯定會立刻結束。但是兩人從中途變得像對弈中的棋士，開始謹慎地喊價。

「唔……是嗎，原來如此……現在應該……出六百三十七萬五千。」

「這個價格如果調配成藥品販賣時……我去廁所思考一下。」

我不太明白長時間思考的必然性。

兩人都很能喊價呢。

中途我還隨意到菜園澆澆水，結果喊價始終不分勝負。

「金額也差不多快觸及天花板了。勝負即將要揭曉了嗎？」

桑朵菈將腳浸在裝了肥料水的臉盆內，同時觀戰。

態度還真是優雅。

心情完全就像公主呢。

過了一段時間後，剛才去廁所的艾諾一臉嚴肅地回來。

剛才似乎一直在思考要出多少錢。

「諾索妮雅小姐，結論出來了！」

「來吧，魔女小姐，要出多少錢呢!?」

諾索妮雅露出儘管放馬來的表情。

「我的結論是這樣！」

艾諾緩緩向前伸出張開的右手。

怎麼回事？難道要詠唱魔法？可不能直接攻擊喔！

「先吃飯休息吧！之後再開始競標，這樣如何？」

結果她說出奇怪的提議！

諾索妮雅閉起眼睛一段時間，手扠胸前思考——

「知道了，我接受這個提議。那麼我已經喊到了六百三十七萬五千，接下來輪到魔女小姐開始喊價。」

她好像接受了。

「前輩，不好意思，要在您這邊享用晚餐。」

「那就再追加一人份吧。由於我是昆蟲，希望能有類似花蜜的食物。」

她們怎麼這麼不客氣啊……

「好啦好啦……我會負責接待妳們……」

這時候萊卡幫諾索妮雅與艾諾端茶來。

「既然決定休息，要不要喝杯茶呢。」

「啊～太感謝您了！哎呀～真是不好意思呢～下次會帶來新發表的服飾喔。」

「受您照顧了呢～啊，不嫌棄的話請收下藥品吧。」

由於厚臉皮的訪客上門，規矩的萊卡顯得特別突出。

晚餐時間似乎暫時休戰，聚餐氣氛十分和諧。

「最近的年輕魔女真是沒有骨氣呢。傷腦筋。」

艾諾，這句話聽起來有點像老害喔。

「不過正因為沒有骨頭，才會凸顯蠕動運動的優點喔。」

這個比喻只有爬行蟲才聽得懂！

既然晚餐已經結束，終於要再度競標。

會場依然在飯廳內。

觀眾比剛才增加了。不過因為在高原之家，所以都是我的家人。

究竟誰能成功標到桑朵菈的蘑菇，大家似乎都頗感興趣。

法露法和夏露夏吃著名點「食用史萊姆」，並且注視情況。

「究竟誰會贏呢～法露法好興奮喔♪」

「希望能堂堂正正戰鬥，如此還會萌生友情。」

總覺得在這種情況下，根本不會產生友情。

「好，洞窟魔女艾諾小姐，妳能超越我的數字嗎？」

諾索妮雅一臉得意，但是要超越數字本身很簡單吧。只要開口說出來就好。

「嗯，好啊。我的答案是這樣，六百三十七萬五千…………加上一年份的肥料。」

終於加上實物了！

「咦？這也未免太小氣了吧？拜託以金額決勝負好嗎……哪有一年份肥料的啊！」

哦，諾索妮雅提出了抗議。

「請問亞梓莎小姐，可以這樣嗎？您怎麼看呢？以魔族角度而言，我覺得不行！」

怎麼會拿我當裁判啊。

「桑朵菈，怎麼樣？妳覺得ＯＫ嗎？」

「沒關係。只要比之前的條件更好就行。」

世界今天以桑朵菈為中心運轉……

「好，過關了！那麼接下來輪到諾索妮雅小姐了！在妳的業界應該很難準備良好的肥料吧？」

「那、那麼……六百三十七萬五千……加上大拍賣款服飾的福袋……」

那不是賣剩的衣服嗎……

「我對衣服沒什麼興趣。」

桑朵菈冷冷地開口。

沒錯，桑朵菈的年紀不會考慮時髦！她還是小孩子！

「唔……那、那麼，送兩個福袋也不行吧……？」

「不行。一年份的肥料比福袋還好。」

諾索妮雅露出嚴肅的表情。難道無計可施了嗎？是艾諾勝利嗎？

「諾索妮雅，沒辦法再出價了嗎？那麼蘑菇就賣給魔女艾諾了喔。」

桑朵菈進行最後的確認。

這場競標戰雖然拖了很久，但終於要落幕了嗎!?

——但是就在此時，發生了不得了的事情。

噗咚。

桑朵菈的蘑菇帽子掉在地板上。

「咦？帽子怎麼了……？」

在桑朵菈一臉困惑之際，專家哈爾卡拉迅速上前。

「啊～爛掉了呢～以動物而言，這樣算是死掉了喔～」

「這是怎麼回事!?今天這頂蘑菇還很有精神，究竟發生了什麼!?」

「一言以蔽之，就是營養過剩。是不是急遽給予過多養分了呢？」
除了桑朵菈以外的家人，視線都望向桑朵菈的腳浸泡的臉盆。
原來肥料招致反效果了啊。
「呃，哈爾卡拉，這頂蘑菇還有商品價值嗎……？」
「沒了。」
「不會散發氣味了嗎……？」
「那是還活著的蘑菇為了吸引蟲子而散發的氣味，所以沒有囉。」
諾索妮雅與艾諾兩人迅速準備離去。
「不好意思～下一份工作在魔族的土地上，所以今天就先失陪囉～」
「啊，我也忘記還有調配藥物的工作了。糟糕捏～♪」
實在太故意了吧！
商人在這種時候的手腳特別快。轉眼她們就離開了高原之家。
只剩下一臉愕然的桑朵菈。
「本來應該可以盡情購買肥料的……」
我拍了拍桑朵菈的肩膀。
「人類只要貪心都沒有好下場，這是很寶貴的教訓呢。」
「我又不是人類，是植物！」

另外由於曼德拉草帽子菇完全爛掉，桑朵菈也徹底恢復了平凡的日常。
如果有人長出曼德拉草帽子菇而不知所措，應該可以將腳泡在加了肥料的水裡。
雖然會長出蘑菇的不是人，而是曼德拉草才對。

完

SHE LOVES EATING!
精靈飯
持續狩獵史萊姆三百年
不知不覺就練到 LV MAX
—外傳小說—
Morita Kisetsu
森田季節
illust. 紅緒

既然回到家之前都算酒會，那麼在消化之前都算用餐吧？

SHE LOVES EATING!

大家午安，我是哈爾卡拉。

不，已經晚上了，所以晚安，我是哈爾卡拉。

今天是哈爾卡拉製藥的酒會喔！

「好的，各位，飲料都拿在手上了嗎～？」

「「有～！」」

我來到桌子前方一問，便聽到活力十足的聲音回答。

職員與工讀生總計十四人，所有人都參加，出席率真是不得了呢。

這是包下附近的酒吧「朦朧默示錄亭」，吃到飽&無限暢飲的套餐。由於包下整間酒吧，怎麼吵鬧都不會有人抗議。身兼經營者與酒會負責人，堪稱完美。

「多虧各位的努力，哈爾卡拉製藥成功邁向二十週年！雖然是短短二十年，不過發生了許多事情呢。因此我也正式考慮購買更大的新房子……好！不說了！我也不喜歡講個沒完，所以到此打住！乾杯！」

我舉起酒杯，職員與工讀生也跟著舉杯高喊「『乾杯！』」或是與酒桌身邊的人相碰。

然後我也先站著喝一杯。

「呼哈～！善枝侯國用的水果然優質！酒的品質真好！」

善枝侯國（雖然叫做國，其實類似伏蘭特州內的精靈自治區）有豐富的地下水，從以前就是釀酒的產地。在這裡長大的精靈，想不成為酒國豪傑都很難。

不過可不是只有酒而已喔！

我一坐回自己的座位，便夾起一塊盛裝在大盤子上的炸雞肉塊塞進嘴裡。

「嗯，好多汁！雞肉也很好吃！」

在精靈居住的善枝侯國，砍伐樹木受到法律限制。

因為對於森林子民的精靈而言，樹木十分重要。

不過木材本身倒是基於各種用途加工後運用。包括維護在內，十分呵護森林。

可是由於難以大規模開發，因此幾乎沒有牛或豬這種需要寬廣土地飼養的家畜。

精靈從以前就不常吃肉，但是環境不適合畜牧似乎也是主因。畢竟偶爾嘗一嘗，肉還是很好吃的。

環境造就了精靈的蔬食主義，但光靠植物也無法攝取動物性養分。無論精靈再怎麼長壽，飲食不健康也會導致肌膚變差。

因此從以前就一直推動在森林裡養雞的政策。

這片土地自古以來就是蓊鬱的森林，棲息著各式各樣的鳥類。所以善枝侯國的精靈就以這些禽鳥為食。

不過絕大多數鳥類都會展翅逃向天空，難以捕捉。

然後據說有位賢者提出應該要養雞。

傳說的真實性難以考證，但是雞肉料理可是精靈的隱藏主流美食。

實際上，在《祕密的州民抄》這本書中，也記載「善枝侯國的精靈最喜歡雞肉料理!?」我現在手邊沒有書，但是絕對有寫。

職員們也紛紛稱讚「不錯，不錯耶」「這間店的菜色真美味」。

那還用說。這可是我信任的店家呢。

昂貴而美味是理所當然的。

便宜又能保證暢飲與吃好料，這才是好的酒吧該有的條件！

「很好吃吧！其實我一直認為喔！即使是不喝酒的人，也完全不會覺得來虧了——要在這種店舉辦酒會才行！」

我也順著職員們的話題答腔。

另外還有總計十多名工讀生。

這裡是友善的職場，我則是友善的社長！

「只有酒豪才能享受的酒吧根本就是三流的。喜歡喝酒的人在賣酒的店裡享受，就和鳥在空中飛一樣不足為奇。這樣無法產生新的價值！創造新的價值難道不是企業的任務嗎！所以哈爾卡拉製藥也得創造全新的價值才行！至於我究竟想表達什麼——其實根本沒什麼想說的！剛才說話的時候搞不清楚自己想說什麼了！料理真美味！」

「哦，社長這麼快就喝醉啦。」「有時看起來好像一直醉茫茫，但今天真的醉了呢～」「社長，拜託今天可別嘔吐啊。」

附帶一提，其實才剛開始喝而已，所以我沒醉。

與其說友善，總覺得還被員工嘲笑，不過拉近與職員的距離很重要。

「哈哈哈！今天我不會再喝得爛醉了！我可是社長喔！社長怎麼可以這麼失態呢！」

「目前可以達成連續兩次酒會日，讓職員送回家的紀錄呢。」「今天要是嘔吐，就是三連霸啦。」「今天可沒有人負責送喔。」

「哈哈哈哈！我完全不記得喔！是大家弄錯了！放心啦！」

「慘了，已經爛醉到失去記憶了……」「是不是應該禁止社長喝酒？」「下次酒會在社長家舉辦吧，免得還要送社長回家……」

我們公司就是這麼沒有隔閡，連這些話都可以說給社長聽。

這可是能暢所欲言的優秀公司喔！

「來，不會喝酒的人盡量多點一些菜！這間店可是連不會喝酒的人都想上門的優質店家呢！」

「好～！」「大口吃吧！」

連午餐的菜色都是絕品喔～

尤其是烤蔥炸雞肉塊定食（六百戈爾德），實在太棒了。

加了許多大豆發酵調味料艾爾文，熱呼呼的烤蔥搭配更燙的炸雞肉塊一起享用，享受口中快燙傷的感覺也是一絕！

「好，喝第二杯吧！店長！可以給我一杯兌『營養酒』的麥芽酒嗎？」

我拿出哈爾卡拉製藥的熱門商品「營養酒」，向老闆提出要求。

這是包場才有的密技。

用「營養酒」兌酒很不錯喔！是真的！沒喝過的人就當作上當，喝喝看吧！加點冰塊冷卻後更棒！就算肚子稍微受涼也別在意喔！

店長也迅速接過「營養酒」，然後端來兌了「營養酒」的麥芽酒。真是有默契啊。默契這個詞似乎源自於默神與契神這兩位古代文明之神。

「社長，非常感謝您每次都惠顧本店。」

圍著圍裙的年輕精靈店長親自向我致謝。

其實大多數工作的精靈，外表都很年輕。

「談不上惠顧啦。因為好吃才上門，就這樣而已。」

「哎呀～社長真會誇獎呢～真是服了您啦！」

「因為我被誇獎就會得意忘形，所以也會刻意誇獎別人喔～♪畢竟我的人生就是在毛病一大堆的家人當中尋找優點呢～」

因為媽媽從來沒有罵過我們三兄妹。

雖然我也不是沒想過，應該多罵一罵哥哥才對……

其實媽媽也相當冒失。大概每半年會發生一次泡茶時弄錯砂糖和鹽……那可不是只在故事中出現的虛構情節喔。附帶一提，當時全家同一時間喝茶，結果一起吐了出來。

嘔吐的話題太不吉利了，還是別提吧。

多虧媽媽，我也成長得十分健康。

目前在這一代，幾乎無人不知哈爾卡拉製藥。我正打算靠「營養酒」與其他的收益，建一棟比現在的住處更大的房子。其實我覺得自己一直在孝順全家，不過這算保險起見的一擊。

我在侯國也是小有名氣的人，至少面前的店長已經認識我了。因為次數多的時候，我一個星期甚至會光顧三次。

「哎呀～見到真的有社長蒞臨，我們也特別有幹勁呢。」

「哦？意思是我對口味有這麼講究嗎？」

「因為社長的身材實在太惹火啦～看到您的胸圍，自然就會興奮呢～」

「店長，這可是性騷擾喔！」

我們公司的女性職員也經常這麼說我，但是女性對女性說這種話也算性騷擾呢……

「社長，難得吃到飽，可以嘗一些平常不太會點的餐點。我們也會盡全力烹調。」

店長真是氣派呢。生意人就是需要這種氣質。

「不過好像已經點過菜單上的每一道菜了呢～」

我故作姿態地掃了一遍菜單，然後啪一聲闔上。

「那就點點看私房菜單吧。」

我帥氣地隨口一說。

呃，其實我不知道有沒有私房菜單。

頭一次上門的客人這麼說很難為情，但我是熟客了，應該沒關係。

「沒有私房菜單的話，點那道菜也無妨。反正呢，就點煞有其事的特別菜色吧。

其實我早就想點點看店裡的私房菜單了。」

說真的，「營養酒」兌麥芽酒不只是私房菜，算是我個人的獨創菜單了。

「私房菜單嗎？其實也不是沒有喔。」
店長的眼神散發異樣的光芒。
真的假的！原來有喔！我只是隨口一說而已耶！
不愧是「朦朧默世錄亭」，這種彈性別有一番魅力。
「這道菜啊，因為很危險，不太能輕易端給客人呢。」
「危險？難道是超辣類的嗎？」
我對超辣類料理不太行。
「不，那倒不是。」
「那就沒什麼好擔心了！責任由我扛，端上來吧！」
依靠酒勢，我的膽子也大了不少，所以豪邁地點下去。
「好的！敬請稍後片刻！」
然後店長氣勢十足地回到廚房。
十分鐘後，店長端著盤子走過來。
「來，這是私房菜單，『石化雞蛇配艾爾文沾醬』！」
端到我們面前的是切成片的半生肉。
表面有過火，但內部還呈現粉紅色。
盤子下方盛裝著黑漆漆的艾爾文醬。

要沾這些醬汁吃吧。

盤子邊緣放了磨碎的嗆辣芥末。艾爾文配芥末的組合對精靈而言算是慣例，所以姑且不論──

「店長，這是……」

「是石化雞蛇，具有石化能力的珍貴鳥類。毫無準備在山上碰到可是很危險的。」

嗯，這些小常識我知道。石化雞蛇是尾巴像蛇的鳥，還具有讓咬住的獵物變成石頭的毒性。

由於毒性會讓獵物變成石頭而無法食用，導致餓死，所以這種鳥數量稀少，十分珍貴。真奇怪為什麼會誕生這種腦袋不好的動物……肯定是進化出現了錯誤吧……

總之，石化雞蛇的事情先放在一旁──

「店長，這些肉……沒烤熟吧？」

在精靈的土地上，幾乎沒有食用生肉的習慣。雖然有人宣稱對感冒很有效，而刻意飲用生蛋。

「這是刻意沒烤熟的。因為石化雞蛇烤成半生最好吃！雖然烤熟也很好吃，但老實說，烤熟就和一般的烤雞肉沒多大差別了。」

店長咧嘴一笑。

「伏蘭特州可以賣生肉嗎……？」

© Benio

由於我經營販售飲品的公司，還算了解食品衛生。
「所以才說是私房菜單啊。」
店長又笑了笑。
話說店長，以前該不會混過黑社會吧。
「況且石化雞蛇可不是隨時都會進貨喔。是今天偶然進了貨，才端出來給您享用。」
原來如此。
換句話說，這是違法菜色！
一下子就有做壞事的氣氛了！
「今天是吃到飽套餐。當然，如果各位已經很飽，剩下來也無妨。敬請隨意享用。因為這是私房菜單，只是讓各位嘗嘗我自己要享用的肉而已。」
原來如此！雖然不能在餐飲店賣生肉，但是個人捕捉石化雞蛇，做成生肉食用則是自己的責任！
「這盤石化雞蛇當然是免費的。因為已經收了吃到飽套餐的錢，所以不會額外收費。」
店長真是有趣呢。
「知道了。那我就嘗嘗看吧。」

我以木製叉子叉起一片半生的石化雞蛇——

浸在艾爾文內——

然後送進嘴裡。

哦！石化雞蛇原本的甘甜，隨著咀嚼在口中擴散！

藉由沾上鹹調味料艾爾文，才強調石化雞蛇的甘甜與美味！

「似乎合您的口味呢，社長。這是石化雞蛇原本的味道。」

這次店長露出賢者般的笑容。

啊，意思是我也開啟了真理之門吧。

「自從開店以來，我自認嘗過各式各樣的禽鳥，石化雞蛇也透過各種烹調方法嘗過。不過得知這種原始的吃法最適合石化雞蛇，是三年前的事情。每一種禽鳥都有不同的享受方式……我還有發展空間呢。」

店長真會說呢。有點煩人。

然後我又嘗一片。再嘗一片。

我接二連三將肉片送進嘴裡。

吃肉同時穿插喝酒。

嗯，與酒也完全對味。

不錯呢，這算是違法的味道嗎？偶爾試試看也不錯。

※哈爾卡拉製藥向來誠實申報營業稅，並且誠實繳納，絕無串通等行徑。

「咦，這是生肉嗎？」「啊～是石化雞蛇啊～」「這可以生吃嗎？」

哦，大家似乎都很感興趣呢。

「很好吃喔！是僅限今天的特別料理！」

大家都跟著品嘗半生的雞肉。

「真好吃！」「原來還有這種吃法啊！」

美味的佳餚，好喝的美酒。人生就該這樣才對！

酒宴舉辦了好幾個小時，不過笑聲在酒吧內始終不絕於耳。

「大家都喝得開心嗎？那麼今天差不多到此為止囉！」

最後由我上前，向眾人宣布。

「哇！社長居然還沒醉倒！」「真是奇蹟！」「要發生大事了！」

拜託，大家多尊敬社長一點好不好。

總而言之，酒會大成功！沒有醉到嘔吐！

今天我沒有出包喔！

——宴會後過了三天。

◇

「嗯……全身好像掛著銅劍一樣虛脫無力……」

感覺身體發熱，所以中午過後我就回家了……

我讓媽媽以額頭測量熱度。

媽媽的體溫略高，可以當作一種判斷基準。

「唔～燙燙的呢～應該是發燒沒錯。」

「果然……雖然現在不是感冒的流行季。可是我們家族不是身體很強健嗎……」

「還是會身體不適啊。今天就躺床上休息吧。」

「好～」

碰到這種時候，全家住在一起就很放心。

有人照料自己真的很感激。

我來到自己的房間，迅速換上睡衣鑽進床鋪。

「偶爾也需要充足的睡眠。嗯，就這麼想吧。」

可能是睡眠發揮效果，到晚上就覺得退燒了。

我再度讓媽媽以額頭幫我測量。
「溫度比我低，應該已經退燒了。」
「不到半天就痊癒，我們家對疾病真有抵抗力呢。」
甚至覺得真難得見到如此輕易就痊癒的感冒。
「不過保險起見，還是靜養一下。明天也請假吧？」
「這點小事情算不了什麼啦。我已經完全恢復健康——哇嗚！」
「什麼？怎麼回事～？」
我聽到本能叫我趕快去上廁所。
「我去上一下廁所！」
但可惜的是，廁所門前的牌子上掛著「有人」。
有人在上廁所！
「拜託立刻出來！讓我進去！」
「哈爾卡拉嗎。再稍微等一下。」
看來是哥哥在上。
「我給你一百戈爾德，拜託你立刻出來！真的求你了！」
「知道了……看妳似乎情況不妙，我盡快！」
不是開玩笑的壓迫感似乎也傳到了另一側。等哥哥一出來，我迅速衝進廁所。

——

——

——

——結果我拉肚子了。

不多也不少，就是拉肚子。

既然已經發過燒，代表應該是感冒吧。想不到會有如此一目了然的反應……還是喝點水以防脫水症狀吧……

媽媽早就在廚房準備好飲水待命了。

這時候就需要父母的愛。

「哎呀呀，哈爾卡拉，看起來還沒恢復呢。徹底補充水分後，好好休息吧。」

「也對……身體也再三叮囑我不要勉強……」

於是我搖搖晃晃地再度躺回床上。

——十分鐘後。

「哇啊啊啊啊啊啊！廁所，廁所，廁所！」

真的來得好突然！感覺就像石頭冷不防從頭頂墜落！

廁所門上又掛著「有人」的牌子！

我就像惡魔一樣毫不留情敲門！連敲，連打！

「拜託快出來！不如說乾脆別出來，讓我進去吧！」

「姊姊，妳好可怕喔。」

這次是妹妹在廁所內！

「唔～再等三分鐘～」

「我哪等得了這麼久啊！又發生慘劇了！記住，再過六十秒，將決定這個家會不會髒到爆炸！」

「咦……這太亂來了啦……等等，等一下……」

「能不能等的決定權不在於我的精神！而是我的身體！」

身體規定精神，對啊，原來這就是身體論嗎！以前在學校有學過！

咕嚕咕嚕咕嚕、咕嚕咕嚕咕嚕嚕……

這不是雷聲，而是我的肚子在響。

咕嚕咕嚕咕嚕、咕嚕咕嚕咕嚕嚕……

該不會在肚子裡開天闢地吧……

「姊姊，剛才的聲音是打雷嗎？我很怕打雷耶……」

「老實說，這是比打雷更可怕的聲音！拜託妳愈快出來愈好！總之先開門吧！共享廁所！我們兩人共享吧！」

「怎麼可能共享啊！姊姊終於崩潰了！」

「我的身體是真的崩潰了！應該說是現在進行式！而且非常嚴重！」

「愈來愈可怕了，我也好想逃出去，但是真的沒辦法！等一等嘛……」

還要等，是嗎？

難以想像有這麼一天，我會如此真實感受到詩句中，焦急等待上戰場的情人早日歸來的意義……感覺一秒就像一年一樣漫長！

如果有人要抗議我在褻瀆認真的戀愛感情，我就這樣回答他。

不如說論情況危急程度，我比等待上戰場的情人歸來更嚴重！

這裡就是戰場！

而且不是身體外側，而是體內爆發戰鬥！

隨著廁所門一開，妹妹走出來的同時，我急忙衝進廁所！

「…………我累了。」

我的臉肯定瘦削得可怕。補給線遭到破壞，糧食送不到的最前線士兵應該都沒有我慘。實際上，我連走路都很辛苦……

於是我再度前往廚房喝水。

「哈爾卡拉，沒事吧？妳的症狀很嚴重吧？」
媽媽擔心地端水給我。
「不會啦……畢竟誰都會吃壞肚子——我去廁所一趟！」
然後我奔跑在走廊上。
廁所乾脆自己跑過來吧！
這次換爸爸即將進入廁所。
為什麼偏偏在這種時候，上廁所的時間會撞在一起啊!?
我急忙大喊。
「停在原地不要動！」
爸爸頓時停下腳步。
我趁隙衝進廁所。
「喂，哈爾卡拉，插隊可是很不公平的喔。妳應該早就過了叛逆期吧……雖然妳的確賺得比爸爸多，但是應該多尊敬一點爸爸才對……不過妳如果對爸爸說，只要低頭就給一百萬戈爾德的話，爸爸倒是會老實地接受。」
「爸爸，您的女兒現在疾病纏身……拜託付出比自己的身體更多的關懷吧……」

即使悠哉如我，事到如今也發現了。

有點不太對勁。
已經不是有點不舒服這麼簡單了。不能含糊以感冒看待。
究竟是怎麼回事呢……？
保險起見，應該去看醫生吧。晚上醫院可能已經休息，但我覺得應該要去掛急診……
但是我馬上發覺，這種想法毫無意義。
「抵達醫院之前，肚子不可能平安無事……」
絕對會有第二波衝擊來襲。不，第二波與第三波衝擊早就來了吧。我已經開始數不清次數了。
考慮到身體不適走不快，如果無法確保三十分鐘安全無虞，我就無法出門。現在的我連撐五到十分鐘不拉都很難，根本無計可施。
我步履蹣跚靠在走廊上，同時朝廚房前進。
「哈爾卡拉，明天公司請假吧。」
「好……我大概到不了公司，身體也不允許我去……」
「要不要現在就叫醫生來？」
要動用最終手段，請醫生來家裡嗎？
雖然很不想這麼麼做，但似乎只能這樣了……

「那就麻煩媽媽了……」

之後哥哥與妹妹出門幫我找醫生。

爸爸出門購買對消化與健康有益的東西。

我則躺在床上由母親照料。

「來，喝水吧。」

「謝謝媽媽……」

我定時從媽媽手中接過水飲用。

這是我唯一自我保護的手段。

有家人真是好啊……

雖然會毫不留情拗我一頓外食，但這種時候家人最可靠……

「跑廁所的頻率比剛才降低了一些呢。雖然每十五分鐘還是得跑一次。」

「考慮到上一次廁所換來十五分鐘的和平，心理上比較好過……積極思考，積極思考……」

「身體逐漸恢復了呢。加油吧。」

「也對……照這樣看來，應該會刷新一天之內跑廁所的次數……」

一個半小時後，哥哥帶醫生回來。
我向醫生簡述自己的症狀。
應該說，其實我也沒有各式各樣的症狀，只能簡單描述。
「——就是這樣，我原本以為是感冒……」
醫生露出凝重的表情。
喂喂，千萬別說我罹患了攸關性命的疾病啊……？拜託輕鬆地回答我「啊～感冒啦～」好嗎！
「呃，哈爾卡拉小姐……前幾天您是否吃過什麼生肉？」
醫生問我相當特殊的問題。
「哈哈哈，我哪有吃生肉的機會——還真的有耶！」
正好在前幾天，我在「朦朧默示錄亭」吃了半生的石化雞蛇肉……
是那個嗎……那個害我拉肚子吧……
真不愧是私房菜單，果然夠猛……
太凶惡了……美味的代價好可怕。話說如果享用世界第一美味的肉會拉成這樣，那我寧可不要！
「您似乎心裡有底呢。尤其是禽鳥肉的食物中毒，會造成嚴重腹瀉。不過幾天就會恢復，所以只要多攝取水分靜養就可以了。另外不會傳染給別人，敬請放心。」

「嗯，我知道——我去上個廁所。」

食物中毒麻煩之處，在於只要一感覺非上廁所不可，就完全沒有緩衝時間……

平時身體應該會產生差不多該上廁所的反應啊。

現在則是毫無徵兆。真麻煩……

身後傳來醫生邊笑邊說「保重啊～」的聲音。

在幾乎等於自己房間的廁所內，我忽然發現一件事。

「那道私房菜單，除了我以外也有其他人嘗過吧……」

我回溯記憶，記得大家應該都嘗過吧。

「如果大家全都吃壞肚子，工廠的運作不就完全停擺了嗎……？這樣會造成嚴重損失吧……？」

我的胃為了與食物中毒完全無關的原因而隱隱作痛……

之後，我拉住即將回家的醫生。

「不好意思！我想請教您關於公司職員的事！」

見到我一臉凶神惡煞地衝過來，醫生嚇得皮皮挫。

◇

——以結論而言，完全沒有問題。

隔了三天我來到公司，見到大家一如往常地工作。食物中毒發病的隔天，我請媽媽幫我巡視過，得知工廠依然正常營運。

「啊，社長，早安！」「早安！」

聽大家宛如從丹田發出來的宏亮聲音，應該沒有臥病在床吧。

「早安啊。各位，這幾天有感到身體不適嗎？」

「沒啊。」「沒聽說喔？」

「……………那就沒事了。別放在心上。」

之前問過醫生得知，即使吃了同樣的生肉，有些人會腹瀉，但也有人完全沒事。好像只有我中了大獎。

某種意義上，我是受到遴選的人呢。

「對了，在社長請假的期間，西方提出了訂單。是在西方好幾個地區有店鋪的連鎖道具店。」

哦！之前吃了不少苦，現在苦盡甘來了！

不幸之後等待自己的就是幸運！

「知道了！我立刻詳細確認後去跑業務！」

「咦，話說回來，社長雖然得了感冒，容貌卻相當健康呢。」

職員感到不可思議地表示。

「啊～可能是因為我這幾天順利排毒了吧。」

現在我的體內絲毫沒有老舊廢物！

☆個人筆記☆

朦朧默示錄亭

無限暢飲，吃到飽套餐

一人份四千戈爾德

距離公司很近，特別推薦的店家！

有默示錄級的美味！還有默示錄級的便宜！

晚上用餐也便宜，就算喝酒也只要優惠價四千戈爾德！

店名叫默示錄，但對附近的上班族而言可是天堂！

不過，還是要小心石化雞蛇的肉……

明明是石化雞蛇，但我不只沒變成石頭，

甚至覺得體內彷彿全都變成液體不斷流失……

親手採集的食材真的比花錢購買更加美味嗎？

SHE LOVES EATING!

大家好，我是哈爾卡拉製藥的社長哈爾卡拉。

天氣變得涼颼颼的呢。包括善枝侯國在內，伏蘭特州這一帶不會下大雪，不過冬天偶爾會積雪。

要暖和寒冷的身體，就要使用哈爾卡拉製藥的「暖烘烘藥用泡澡劑」——雖然想打個廣告，不過世界上還有更有效的方法。

也就是火鍋。

這一天我回到家後，所有家人已經準備好火鍋了。

「哦，回來啦。」

哥哥露出飢腸轆轆的表情。今天是哥哥的慶生會，同時慶祝前幾天，哥哥成功找到今年的第四份工作。

換句話說，他之前被開除，或是自己辭職了好幾次……不過我們家的原則是不去追究這些事情。因為媽媽採取寬鬆統治政策。
還有，事到如今再責備他這一點也無濟於事……即使精靈很長壽，但到一百二十歲左右如果個性散漫，基本上一輩子都是這樣。
「哈爾卡拉，去洗手吧。等妳坐下來才開始吃。」
爸爸坐在火鍋政務官的座位上。
侯國的精靈在享用火鍋時，習慣先決定火鍋政務官由誰擔任。火鍋政務官負責放肉與享用時機等工作。這是傳承自遠古的傳統用餐禮儀。
「好~我馬上洗手就來。」
我洗好手後，迅速坐在自己的座位上。
然後才發現今天火鍋的主題。
「哦，今天吃蘑菇火鍋嗎？」
各式各樣的蘑菇陳列在我的面前。
在精靈的火鍋中，蘑菇鍋是相當受歡迎的料理。
畢竟精靈的土地上有許多樹木與森林，所以不缺蘑菇。而且從以前精靈就很謹慎地採伐樹木，但對蘑菇則沒什麼罪惡感。
在精靈的價值觀中，

精靈＝樹木＜花草以及蕨類＜蘑菇

排名是這樣。

因此蘑菇才會一直維持食材的地位。

說明結束。

「今天啊，附近的市場在賣各種蘑菇呢。看，有鐵面具菇與似杜鵑菇，連笑臉大叔菇都有喔，很棒吧。」

媽媽今天也十分開心。另外笑臉大叔菇的由來，是縱向從正中央切開的話，截面看起來像在笑的大叔。可不是吃了就會笑到在地上打滾。

「哦！這在蘑菇稀有程度排行榜可是超級稀有呢。真虧媽媽能發現！」

「現在似乎正是產季，市面上到處都有。我也是看到有人在賣，才心想一定要煮火鍋呢～」

「欸，趕快吃吧。火鍋已經熱滾滾了喔？」

妹妹以木製叉子一敲桌面。

「也對。那麼，爸爸首先從不容易熟的——」

「等一下！」

我阻止準備將蘑菇放進火鍋煮的爸爸。

「怎麼回事，哈爾卡拉？今天的火鍋政務官可是爸爸喔。想當火鍋政務官的話，下次再出馬競選吧。」

火鍋政務官制度還真是麻煩呢……

但我還是非阻止不可。

「火鍋政務官，我要求檢查毒菇！請讓我確認是否全部都能食用！」

「拜託，什麼毒菇啊……咦，媽媽，這些蘑菇有毒嗎？」

「是沒有毒性，但是會讓人急速產生倦意，所以不能在駕駛馬車之前食用喔～」

這已經算是有毒了吧。

超出了可食用的範圍。

「還有，這種蘑菇可能會讓人產生嘔吐感、暈眩或是渾身發冷。」

「毫無疑問混入了毒菇嘛！拜託媽媽認真一點好嗎！市售的蘑菇沒有經過可靠的

業者，才會有這種風險！」

蘑菇營養價值很高，口感也各式各樣，所以是優秀的食品。

但它們麻煩之處在於，難以分辨有毒和無毒的蘑菇。

不過自古以來，祖先就誤食過一大堆毒菇，所以精靈的抗毒性似乎比普通人類更強。

順利剔除毒菇後，終於煮好了蘑菇火鍋。

蘑菇火鍋很穩，很美味。另外即使是蘑菇火鍋，依然有放肉，吃完後還會在湯裡煮麵粉丸子，口感也非常棒喔。

可是——

「我們家的火鍋少了點特別的感覺呢～」

妹妹似乎不太滿足，以一隻手來回轉動木叉子。雖然她轉得很靈巧，但偶爾會戳傷人。

「妳說少了點特別的感覺，但是都快吃光了嘛。依照規定，要向火鍋政務官表達不滿，必須在準備火鍋之前喔。」

火鍋政務官制度果然很煩……

「可是啊～我畢竟也是精靈，在學校學過蘑菇與雜草。這道火鍋裡放的蘑菇，只有學過的一小部分嘛。」

精靈會特別仔細學習植物相關知識，因此目前在美甲沙龍工作的妹妹也有一定了解。

「說是煮蘑菇火鍋，但是既沒有放大主教菇，騎士團菇，也沒放國王菇嘛。」

妹妹列舉的這些蘑菇，全都是一根不下幾千戈爾德的超高級蘑菇。

尤其是國王菇，號稱「蘑菇界的國王」。

也對，國王菇如果叫「蘑菇界的大臣」，聽起來也很繞口。

「之前來美甲沙龍的客人也說她們嘗過國王菇呢。說是好吃到會改變對蘑菇的觀念。」

「這……這種東西可沒那麼容易弄耶……而且也不是掏錢就能立刻買到……畢竟市場上本來就幾乎沒有呢……」

爸爸這番話很有道理。

這種高級蘑菇比昂貴更大的問題，是本身就很難採集。

「對啊～畢竟在山裡採集蘑菇來賣的是精靈，絕大多數精靈一發現罕見蘑菇，就會自己享用呢。媽媽這輩子好像也只吃過一次國王菇呢～」

「但還是吃過了一次嘛！啊～好想吃，好想嘗嘗看！我想吃國王菇！」

妹妹高速旋轉手中的木叉子。她還真是任性呢。

不過呢，我也並非無法體會她的心情。

不是我自豪，但我一手建立公司，還賺了不少錢呢。不是我自豪，與客戶應酬時還去過一個人要兩萬戈爾德的餐廳喔。不是我自豪。真的不是我自豪喔。

但這畢竟花錢就買得到。

帶兩萬戈爾德到餐廳去，只要沒有髒到因為不合服儀被店家轟出來，總能享用到吧。

問題是，妹妹口中的夢幻蘑菇一類，只能靠自己的力量找到才吃得到。

以這一層意義而言，甚至可以說是超級稀有。

雖然我以前在各式各樣的餐廳，嘗過許多不同的料理——

或許稀有食材具備不同於餐廳菜的魅力呢。

「我知道了！就交給姊姊吧！」

我威風凜凜地起身。

「下次假日，我們上山去！然後大把大把地採集夢幻食用蘑菇，煮一份王者的蘑菇鍋！吃國王菇吃到膩為止！」

這時候就該展現姊姊的威嚴。怎麼樣！感覺像不像讓女性拜倒的女性呢？

「欸～我懶得去啦，姊姊妳自己去吧……」

父母親的教育真是失敗啊。

「不，妳要跟我來！因為流汗親手採集的食材吃起來更美味！」

「欸～？花別人的錢享用的蘑菇更美味啦～」

好嚴重的意見對立！

「不行！妳得來！只要沒有事情，就一定要來！」

結果變成我硬拉她出門，總之還是決定展開尋找蘑菇之旅。

◇

下一次放假，我和妹妹一起進入以蘑菇聞名的山。

畢竟山名就叫做蘑菇山。

蘑菇太少可是會被告的。

背上背著裝了食物與毛巾的包包，以及採集蘑菇用的籮筐。

冬季沒有茂密的雜草，正好適合在沒有積雪的低矮山地尋找蘑菇。

「好！卯起來採集夢幻蘑菇吧！加油喔！今晚吃最棒的蘑菇火鍋！」

「……嗯，好啦……早知道就不該說想吃罕見的蘑菇。」

妹妹的情緒從一開始就特別低落，但是隨著發現優質蘑菇，肯定會逐漸改善。

「姊姊，拜託妳千萬別迷路喔？」

「放心啦。我可是連地圖都帶來了呢！」

我伸手拍了拍地圖。

「雖然我是出了名的迷糊，但可沒有笨到不帶地圖就進山。這次保證沒問題！」

「嗯，我很想這麼想，可是要採集蘑菇就得進入偏離道路的地方耶……」

登山道路旁的蘑菇的確一下子就被人採光了。

無論如何都得離開道路，走進沒有路的山中。

「這也沒有問題。要偏離道路的時候，就一直往前走吧！這樣就會再度回到容易辨識的道路上！」

——過了一小時。

「咦……？真是奇怪……完全沒有走到道路交會的地點呢……應該說，目前我們走的地方是哪裡呢……？如果再不走到像樣的道路就很奇怪了……」

我們從看起來有蘑菇的地方偏離道路，朝山中前進。

作戰直到途中都還算順利。

雖然沒有採集到夢幻蘑菇，卻找到不少市面上沒在賣的種類。多到籮筐已經隱約感受到蘑菇的重量。

可是。

我們卻陷入一直找不到道路的意外插曲……

「姊姊果然迷路了嘛！」
一旁傳來抱怨。可以的話，目前我想集中精神在地圖上。
「真是奇怪……我之前挑選的路線即使有些偏離，但也只是稍微繞點遠路而已耶？事前我可是仔細計畫過了喔？」
「真是的，讓我看地圖吧。拿來！」
地圖終於被妹妹一把搶走。快被妹妹奪權了。
端著地圖三秒鐘後，妹妹這麼說。

「欸，我們是不是進入了與地圖完全不一樣的山？」

衝擊性的假設從根本顛覆了前提！
「怎麼可能呢。就算我再怎麼迷糊，也確認過蘑菇山這幾個字耶。」
「拜託，地圖角落有『重點提醒』這段話，姊姊妳念念看。」
妹妹將地圖還給我。
我原以為不會寫什麼荒謬的內容。

伏蘭特州各地有好幾座蘑菇山。本地圖對應諾塔郡的蘑菇山。

請注意不要進入錯誤的蘑菇山。

「原來這是不同山的地圖！我搞砸啦！」

「拿不同山的地圖有什麼意義啊！姊姊，現在到底該怎麼辦！」

「地名實在太容易弄混，所以要向行政單位提案，改成不容易造成混亂的地名。」

「我沒在問這種層次的問題。而是連地圖都沒有的情況下，迷路該怎麼辦。」

感到妹妹的視線好冰冷。因為現在是冬天嘛。

「哅哅哅…………哅哅……」

「『重點提醒』後面還寫著：『冷門的蘑菇山迷路風險也較高。尤其要採集蘑菇得偏離道路進入森林，因此更容易迷路。務必與熟悉山路的人一起進入。』」

啪。

我將雙手置於妹妹的肩膀上。

「…………從現在開始，妳才是姊姊。」

「不要一發現苗頭不對，就將姊姊的責任甩給別人！」

「…………那麼，現在妳就是領隊。全權交給妳負責吧。」

「咦……我對這附近的地理環境也不熟悉耶……而且我也不擅長爬山……完全就是外行人……」

「現在我由於知道自己凸槌而嚇得腦袋一片空白。在這種情況下由我帶頭會更糟糕。」

「姊姊，考妳二位數問題。55＋75是多少？」

「5575。」

「看來只能靠我了……總之先掉頭吧……掉頭就能回到原本的道路了……」

於是由妹妹打前鋒，我們開始下山。

——過了一個小時。

我們面前出現一座上山時沒見過的高聳瀑布。

「完全迷路了呢，姊姊……而且愈來愈嚴重……」

「碰到這種時候，更要積極思考。看，這座瀑布不是絕景嗎？而且還保證有水可用，真是幸運呢。」

如果不強行提振心情，可是會氣餒的。

這時候就要喝點清流的水，讓心情冷靜下來。

驚慌之下是想不出好點子的。

我走到流動的水旁，以手掬起水飲用。

無色無味的水逐漸淨化了身體！

想不到清水竟然這麼好喝！

該不會在所有料理中，水才是最強的吧!?況且沒有水的話，任何動植物都無法生存。

雖然我在吃這方面凸槌過很長一段時間，但我乾脆只要追求好水就行了吧。不論美食或奇怪的料理都不重要了。

這可以算是某種開悟吧。

也因此我靈光一現，想到離開這座山的好點子。

「對啊！這不是很簡單嗎！」

「什麼？想到突破困境的方法了嗎!?」

「既然有瀑布有河流，代表只要順著水流的方向往下走，總會下山嘛！」

「姊姊，地圖上寫著『重點提醒』的這裡，妳念念看。」

妹妹立刻露出冷淡的表情給我看地圖。

初學者絕對不可以試圖順著河流下山。如果順著流經山中的河川往下走，會經常碰見陡急的瀑布或陡坡。若是胡亂前進，會碰到斷崖峭壁，無法繼續走下去。就算想掉頭，剛才爬下的陡坡也會擋在面前，陷入進退兩難的狀況。左右為難。

完全就是我嘛！

「外行人的靈光一現，根本不會產生什麼好結果！對不起！我會重新來過！可是我連重新來都沒辦法！」

我失落地跪倒在地。

「難道就到此為止了嗎……我的人生沒有一絲後悔……」

「拜託！我們又沒有受傷，太陽還高掛在天上，現在放棄太早了！認真考慮怎麼脫困吧！」

「可是目前是冬天，晚上會很冷喔。已經完蛋了啦……」

「反正又不會積雪，再打起精神吧！」

在妹妹催促下，我們再度動身。

就算呆站在原地，情況也不會改善——咦？

「如果我們一直待在這裡，家人會不會覺得我們沒回去而覺得不對勁，派遣搜救隊找我們呢？」

「……姊姊，家人認為我們登上了不同的蘑菇山喔。」

好吧，還是得靠自己的腳走下山！

——又過了一個小時。

「啊，找到了！」

一直走在森林中的我，發現了某樣事物。

「咦？姊姊，我們終於回到道路上了嗎？」

我指了指某棵樹的樹根部分。

「是夢幻蘑菇，國王菇喔！終於，終於發現了！辛苦獲得了回報！」

「………姊姊，我們目前遭遇山難，拜託別不假思索地歡呼好嗎……」

妹妹雖然露出微妙的表情，但我們依然完整採集了國王菇。與其說雁過拔毛，更像是迷路也不忘採蘑菇。

——可是，就在這時候，巨大的悲劇出現在我的身上。

沒錯。

我的肚子餓了。

「咕嚕嚕嚕嚕嚕嚕嚕嚕～～～～嚕嚕～～～～」

「姊姊，妳的肚子叫得好大聲……」

「話說回來，我們一直沒吃午餐呢。而且還在山中不停前進，才餓得比平時更厲害。」

「噢，真的耶。那就來吃午餐吧。」

於是我們在原地坐下，放下各自的背包掏出午餐。

午餐是大量塗抹了各種口味果醬的麵包。

柔軟的麵包上塗抹了多到過剩的果醬，再夾上另一片麵包。

——俗稱果醬三明治吧。

這種選擇是刻意的，因為甜食有助於登山時恢復體力。

「雖然有點晚，但還是吃點麵包，轉換一下心情吧。」

「也對。如果我們能平安返家，就是採集到國王菇的英雄了呢。」

妹妹也難得對我露出笑容。

所以我首先嘗一口夾了草莓果醬的麵包。

「哦~不錯喔！甜味充滿嘴裡，好療癒喔！」

妹妹也不停點頭同意。

「真的耶，從來沒想過果醬三明治竟然會這麼好吃！」

餐點本身十分平凡。

應該不會有人看到果醬三明治，會覺得很特別吧。

但是對目前的我們而言，可以說沒有比這更好吃的食物了。

可以感受到自己的身體對甜食感到喜悅。

「接著吃蘋果果醬三明治吧。這個味道十分清爽，感覺非常柔和呢！」

「對呀。明明在山裡，心情卻好像在鎮上走進咖啡廳喔。」

很自然產生能再加把勁的心情。

內心鼓舞雖然不是什麼大不了的事，卻能迫使我們邁開腳步朝終點前進。

「下一個嘗嘗藍莓果醬吧。嗯！這股酸味真是不錯！」

「姊姊，妳的嘴邊沾到一點果醬了喔～」

結果我被妹妹嘲笑。

看來我們已經恢復從容，會不自覺露出笑容呢。

「哎呀～照這樣看來，可能一下子就統統吃光了呢。」

「可是姊姊，我們不知何時才能下山。為了今後著想，是不是應該留下一些比較好……？」

比起我，妹妹是相對偏悲觀論者。

「我知道妳的意思。可是既然總會吃進肚子裡，轉換成我們的體力，那麼趁現在吃不是也一樣嗎？而且統統吃光的話，行李也會減少。換句話說，就減少體力的消耗啦！」

「雖然覺得這番言論是對的……可是姊姊，妳只是想統統吃光吧？」

真不愧是我的妹妹，這不是很了解我嗎？

「反正~總會有辦法的啦。現在就別小氣了，吃吧吃吧~」
「哪有這麼悠哉地啊！情況一點都沒有好轉耶!?」
——這時候，我感覺到從身後傳來某種視線。
回頭一瞧，發現野豬已經接近身邊。
啊，是被果醬三明治的香味吸引而來的嗎……
「快逃吧！雖然野豬應該不至於攻擊精靈……」
「可是姊姊，反方向也出現了野豬耶……」
想不到連妹妹的身後也出現了好幾隻野豬！
更後方甚至出現了幾隻石化雞蛇！
我、我們被包圍了！
在我們優雅地用餐時，陷入危急情況！
「領隊，現在該怎麼辦……？」
「姊姊，不要再將責任推給妹妹了啦！」
「不是我自豪，我真的無計可施。」
「真的沒什麼好自豪的！」
「我知道了，現在就將剩下的果醬三明治統統塞進嘴裡吧！」
「嗯，如果牠們是衝著果醬三明治而來，那的確有可能會離開。」

「在牠們面前吃掉的話，就有種『哈哈哈你看看你』的感覺，有點過癮呢！」

「現在不是追求這種微妙優越感的時候了吧！」

在我們爭執不下的期間，野豬不斷縮短與我們之間的距離。

野豬應該不會吃精靈，但在杳無人跡的深山中迷路時，被野豬弄傷可就相當絕望了。

另外被石化雞蛇咬傷的話，有可能變成石頭而致命。

「現、現在先威嚇野豬吧！嚇嚇野豬！」

「可是姊姊，我哪知道怎麼嚇野豬啊！」

沒辦法。既然身為姊姊，我得挺身而出才行……

為了保護妹妹，我站在前方。

然後對野豬大喊。

「你們即將死翹翹囉！你們已經死翹翹了！再不趕快離開這裡就要死翹翹囉！還有石化雞蛇也會死翹翹！飛呀！」

「姊姊妳在胡說什麼!?」

「我在嚇牠們！用可怕預言嚇跑牠們的戰術！」

「牠們哪聽得懂啊！至少也該大聲喊叫之類！」

野豬與石化雞蛇進一步靠近。

無計可施了嗎……呃，其實根本就沒什麼像樣的計策……

「我的人生沒有絲毫悔恨……」

「就說別放棄了啦！抵抗一下嘛！」

就在此時。

有東西咻的一聲掠過我的身體旁。

下一瞬間，前方的野豬頭部中箭——

隨著沉鈍的聲音響起，野豬隨之倒地。

可能已經沒命了吧。

箭矢接連命中其他野豬，只見野豬緩緩倒下。

其他野豬與石化雞蛇似乎察覺危機，急忙落荒而逃。

「…………想不到野豬死翹翹的預言竟然成真……我竟然隱藏這種力量……」

「怎麼可能！」

只見裝備了弓與箭的男性精靈從樹木之間探出頭來。

「妳們兩個，毫無防備野獸的對策在山上吃東西，可是很危險的喔。」

「該不會是獵人吧……？」

「沒錯，我在這一帶的山裡打獵。妳們在採集蘑菇嗎，總之加油吧。我得趁血液累積在肉裡之前趕快宰殺野豬。」

我和妹妹互望一眼。
畢竟是姊妹，彼此心意相通。
馬上就知道什麼事情非說不可。
「「不好意思，請告訴我們怎麼走！」」

◇

於是我和妹妹在精靈獵人的帶路下，順利下山。
「哎呀，真是精采的冒險呢～」
「只是因為姊姊弄錯地圖，才變成大冒險啦……」
雖然被妹妹抱怨，但還是有豐碩的戰果。
「有什麼不好，採集到了國王菇與其他極其稀有的蘑菇喔！」
「這個，嗯……也不是不能承認……」
當天所有家人都同意晚餐吃蘑菇火鍋。
我也很在意國王菇。
究竟有什麼驚人的美味呢？
另外還有幾種知道存在，卻沒嘗過的蘑菇裝滿了籮筐。

「那麼，今天的火鍋政務官就由我，哈爾卡拉擔任。」
我恭恭敬敬將國王菇放進火鍋內，在吃之前口水就快流出來了。
「好！已經熟透了吧。大家請享用！享受『蘑菇界之王』的滋味吧！」
我和妹妹幾乎同時將國王菇送進嘴裡。
至於感想呢——
「……好吃是好吃，卻不到感動的程度呢。」
「……要說多美味的話，草莓果醬三明治與蘋果果醬三明治反而美味得多了。」
倒不是不好吃，卻有種無力的感覺。
費了這麼大的功夫，味道卻不過爾爾。
「是因為極其稀有才變得像高級食材，不知不覺中被說成連味道都很驚人呢～應該是印象的問題吧～」
媽媽的理論很正確，是這樣沒錯。
畢竟沒有規定愈稀有，味道就必須愈好呢……
隔天我們在餐廳吃通心粉當午餐。
一人八百戈爾德。
我將通心粉大口大口塞進嘴哩，同時心想。

八百戈爾德就能品嘗滋味穩定的食物，該不會是神吧……？
身為社長，再次了解到物流的重要性，這也算是一種成長吧。

完

☆個人筆記☆

在老家享用蘑菇火鍋

或許應該請獵人分我們一點野豬肉。
精靈也會在森林迷路（臨時想到的格言）。

後記

各位讀者好久不見，我是森田季節！

《狩獵史萊姆三百年》終於進入了第九集呢。

直到中途的出書間隔都很短，所以感覺沒有經過多少時間，想不到竟然能持續這麼久。這都是各位讀者大力支持的結果。真的非常感謝！

接下來，這次依然有許多事情要報告。

首先──《狩獵史萊姆三百年》系列作品累計突破百萬銷量囉！天啊……達成了驚人紀錄呢。位數改變了耶。反覆累積果然很重要……進入這種境界後，唯一的感想就是「運氣真好啊」，總之就是非常開心！

緊接著，這次第九集限定特裝版附贈廣播劇CD第三集，內容為法露法和夏露夏發揮名偵探的本領喔！

想不到連廣播劇CD都能出這麼多集……當初第一集沒想到能出這麼多後續，所以內容接近所有角色統統登場的本篇。但由於第二、第三集接連推出，才改為廣播劇CD特有，與原作亞梓莎視角不同的故事。

希望各位讀者今後也能從各種視角觀賞《狩獵史萊姆三百年》的故事！

第三件事。由村上メイシ老師作畫，別西卜當主角的「持續當小公務員一千五百年，在魔王的力量下被迫擔任大臣」漫畫版，開始在Gan Gan GA上連載了！

連外傳作品都能推出漫畫，這可是妄想都不敢想的事情呢。

果然還是「運氣真好啊」這種感想比較合理呢……或許是曾經拜過全國廟社的效果嗎？今後我會繼續全力祭拜。

插句題外話，之前我到處推廣廟社，結果接到了佛像書籍的工作。真是有佛緣啊。

廟社的話題暫且打住，外傳漫畫今後還會推出小說版沒有收錄的故事與角色（畢竟既有的篇幅只有單行本收錄的六回而已）。

其實藉由確定推出外傳漫畫，大幅追加了分配給我的額外篇章，村上メイシ老師以此為藍本創作。這是實質上第一次先發表漫畫，而非小說。敬請各位讀者期待！

然後，シバユウスケ老師的漫畫版第四集將在四月發售！

角色愈來愈多，可愛倍增的最新一集漫畫，敬請各位多多支持！

附帶一提，同樣在四月，ＧＡ文庫全三集發售中的《織田信長這個謎之職業比魔法劍士還要作弊、所以決定創立王國》，也要出漫畫版第一集喔！由西梨玖老師負責繪製超漂亮又帥氣的漫畫！也請各位讀者多多指教！

好消息還沒完。趁著第九集小說發售時期，推出使用ムービック老師繪製小說封面的檔案夾喔！之前舉辦的活動也有製作過檔案夾，不過這次是第一次正式發售的商品！太棒啦！

敬請各位讀者在課業或工作上使用這個檔案夾。若能發揮本作品的宣傳效果，就感激不盡了。擔心使用後會留下傷痕的讀者，要是再買一個用來保存的話，就更感謝了（直接做生意）。

能讓讀者產生《狩獵史萊姆三百年》商品大賣的認知，進而推出其他作品的話，我會非常高興，敬請各位多多支持。

然後是最後一個話題。上一次紀念第八集小說與第三集漫畫同時發售的掛軸抽選活動，順利結束囉！恭喜各位抽中掛軸的讀者！或許有讀者覺得比想像中更大，不知道該掛在哪裡（其實我也傷腦筋）。不過機會難得，有機會掛出來就太好了。

哎呀……話題真是聊不完啊。已經變成借用後記當作宣傳頁面了，不過有這麼多可以宣傳的資訊，真是感激。

下一集即將進入第十集的階段。連作者本人當初都完全沒想到能延續至今。今後希望能繼續細水長流，孜孜矻矻第創作。

正好，在第九集有新的女兒（？）席羅娜登場。包括新角色，幫忙繪製許多充滿魅力插圖的紅緒老師，非常感謝您！想不到連哈爾卡拉的妹妹（目前還沒有名字）都在彩頁中登場呢！

多虧支持本作品的各位讀者，讓本作品迎向百萬銷量大關。這是個人努力絕對無法達到的境界，所以真的受惠於運氣與緣分。真的，真的，非常感謝。

《狩獵史萊姆三百年》的世界會繼續擴張喔！還預定讓新角色登場！今後敬請各位讀者繼續支持！

森田季節

浮文字

持續狩獵史萊姆三百年，不知不覺就練到LV MAX（09）

（原名：スライム倒して300年、知らないうちにレベルMAXになってました9）

作者／森田季節　封面插畫／紅緒　譯者／陳冠安
發行人／黃鎮隆　總經理／陳君平
經理／洪琇菁　國際版權／黃令歡
執行編輯／呂尚燁　美術主編／陳聖義
企劃宣傳／邱小祐
出版／城邦文化事業股份有限公司　尖端出版
台北市中山區民生東路二段一四一號十樓
電話：（〇二）二五〇〇七六〇〇　傳真：（〇二）二五〇〇二六八三
E-mail：7novels@mail2.spp.com.tw
發行／英屬蓋曼群島商家庭傳媒股份有限公司城邦分公司　尖端出版
台北市中山區民生東路二段一四一號十樓
電話：（〇二）二五〇〇—七六〇〇（代表號）
傳真：（〇二）二五〇〇—一九七九
中部以北經銷／楨彥有限公司
電話：（〇二）八九一九—三三六九
傳真：（〇二）八九一四—五五二四
雲嘉經銷／智豐圖書股份有限公司　嘉義公司
電話：（〇五）二三三—三八五二
傳真：（〇五）二三三—三八六三
南部經銷／智豐圖書股份有限公司　高雄公司
電話：（〇七）三七三—〇〇七九
傳真：（〇七）三七三—〇〇八七
一代匯集／香港九龍旺角塘尾道六十四號龍駒企業大廈十樓B&D室
電話：（八五二）二七八三—八一〇二
傳真：（八五二）二七八二—一五二九
馬新總經銷／城邦（馬新）出版集團　Cite(M)Sdn.Bhd.
E-mail：Cite@cite.com.my
法律顧問／王子文律師　元禾法律事務所
台北市羅斯福路三段三十七號十五樓
二〇二一年二月一版一刷
二〇二一年六月一版二刷

■中文版■

郵購注意事項：
1. 填妥劃撥單資料：帳號：50003021戶名：英屬蓋曼群島商家庭傳媒(股)公司城邦分公司。2. 通信欄內註明訂購書名與冊數。3. 劃撥金額低於500元，請加附掛號郵資50元。如劃撥日起 10～14日，仍未收到書時，請洽劃撥組。劃撥專線TEL：(03) 312-4212 ・ FAX：(03) 322-4621。E-mail：marketing@spp.com.tw

國家圖書館出版品預行編目資料

持續狩獵史萊姆三百年，不知不覺就練到LV MAX(09) /
森田季節著 ;　陳冠安 譯.--1版.
--臺北市：尖端出版, 2021.02　面 ; 公分.--(浮文字)
譯自:スライム倒して300年、
知らないうちにレベルMAXになってました9
ISBN 978-957-10-9308-6(第9冊：平裝)

861.57　　109019028